太阳坠落之时

张冉 著

全球华语科幻星云奖金奖作品集

主编 董仁威 副主编 阿贤

浙江教育出版社 · 杭州

图书在版编目（CIP）数据

太阳坠落之时 / 董仁威主编 ; 张冉著. -- 杭州 : 浙江教育出版社, 2023.5
（全球华语科幻星云奖金奖作品集）
ISBN 978-7-5722-5671-4

Ⅰ. ①太… Ⅱ. ①董… ②张… Ⅲ. ①幻想小说—小说集—中国—当代 Ⅳ. ①I247.7

中国国家版本馆CIP数据核字(2023)第060714号

全球华语科幻星云奖金奖作品集
太阳坠落之时
QUANQIU HUAYU KEHUAN XINGYUNJIANG JINJIANG ZUOPINJI
TAIYANG ZHUILUO ZHISHI

董仁威 主 编 阿 贤 副主编
张 冉 著

丛书策划：吴颖华 **责任编辑**：余理阳
责任校对：余晓克 **责任印务**：陈 沁
封面设计：观止堂_未氓 **美术编辑**：韩 波
出版发行：浙江教育出版社
（杭州市天目山路40号 电话：0571-85170300-80928）
图文制作：杭州林智广告有限公司
印刷装订：浙江新华印刷技术有限公司
开 本：880 mm × 1230 mm 1/32 **印 张**：5.625
插 页：4 **字 数**：126 000
版 次：2023年5月第1版 **印 次**：2023年5月第1次印刷
标准书号：ISBN 978-7-5722-5671-4
定 价：32.00元

如发现印、装质量问题，请与承印厂联系。联系电话：0571-85164359

丛书序

全球华语科幻星云奖，是由中国著名科幻活动家董仁威先生、科幻出版人姚海军先生和科幻学者吴岩教授三位联合创始人，以及以程婧波、董晶、杨枫、韩松、刘慈欣、王晋康、何夕、陈楸帆、北星、李庆雯、付胜、杨波等主要发起人为首的广大华语科幻爱好志愿者于2010年共同创立的公益性奖项。

该奖项自创立以来，立志重塑科幻格局，在全球范围内发掘、评选和奖励优秀的华语科幻作品、作者、翻译者、评论者、从业者和出版者等，对华语科幻作品进行年度检阅，凸显华语科幻文学发展成果，推动华语科幻文化产业振兴，激发华语科幻人才创新活力，引领华语科幻世纪全面到来。

作为具有国际影响力的专业奖项、华语世界科幻文学作品的荣誉奖项、中国科幻共同体公认的权威奖项，截至2022年，全球华语科幻星云奖共举办了十三届，历届小说类金奖获得者有王晋康、刘慈欣、陈楸帆、宝树、江波、韩松、程婧波、何夕、阿缺、张冉、顾适、灰狐、梁清散等。他们的作品均对华语科幻在中国乃至世界的发展地位产生了重大影响。

这套金奖作品集汇聚了第一至十届（2010—2019）全球华语科幻星云奖的中短篇小说类金奖作品，是21世纪第二个十年里代表华语科幻最高水平的标志性作品集，编成4册共13部作品。

我们把这些千里挑一、经得起时间考验的精品文章，汇成作品集出版，是为了树立东方科幻文学的标杆，促进东方科幻文学的发展。

第一册《人生不相见》收录了何夕的《人生不相见》和《浮生》，陈楸帆的《巴鳞》和《开光》。

何夕是中国科幻新生代“四大天王”之一，他的作品奇崛清丽，如神龙夭矫。他善于把艰深的物理理论糅合到情节中，更善于在科幻的框架内构建荡气回肠的感人故事，弹拨读者心弦。

《人生不相见》是一篇传统科幻小说。中规中矩的故事、中规中矩的人物，原本设定的结局是“大毁灭”，但最终的开放性结局给开拓异星的“先行者”留下一丝希望。

《浮生》则借助实验性的风格，放弃传统叙事结构，充分展现了科幻在哲学思考上的深度与力度，让我们得以领略想象力的虚无与恢宏之美。

陈楸帆是中国科幻更新代旗手之一，被视为“中国的威廉·吉布森[①]”，他的作品以科幻现实主义和新浪潮风格而著称。陈楸帆主张“科幻现实主义的要旨是以当代已拥有的科技为基础，以解决人们当前和未来将面对的需求为目的，而提出来的解决方案或者叫点子、主意”。

《巴鳞》《开光》等作品有着冷峻克制的笔调，对科学知识、文学修辞、想象力的调用舒展自如，在探索融合世俗素材和抽象主题的路径上寻找平衡点，颇有见微知著、以小见大之感。

第二册《北京折叠》收录了雨果奖最佳中短篇小说奖及全球华语科幻星云奖最佳科幻短篇小说银奖得主郝景芳的《北京折叠》，中国科幻更新代代表作家程婧波的《开膛手在风之皮尔城》，梁清散的《济南的风筝》和宝树的《成都往事》。

《北京折叠》设定了三个互相折叠的世界，隐喻上流、中产和底层三个阶层。整个城市尺度的空间和时间双重折叠，意象恢宏，映射了人们面对未来的一种状态，即面对机械化、自动化等技术进步，以及社会衰退背景下经济停滞、赋闲在家等的双重影响时，人们对于阶层割裂趋势的深切焦虑。

新华社记者韩松这样评价郝景芳：“她是中国科幻作家中文笔最细腻、风格最隽永、情感最入微的作家之一。”

《开膛手在风之皮尔城》是文学性和可读性俱佳的作品，引

① 威廉·吉布森，是科幻文学的创派宗师与代表人物，被称为“赛博朋克运动之父”，其代表作品为《神经漫游者》。

人入胜的故事、灵动优美的语言，充分展现了科幻文学的魅力。

《济南的风筝》构思独特，情节设计精巧，文中抽丝剥茧的推理，带着我们透过时间的迷雾，跟随主人公进行了一次故纸堆中的奇妙探险。

《成都往事》的叙事语言让人欣喜，不仅延续了科幻小说一贯的风格，还在传统文化与未来先锋的融合上进行了新的尝试。

程婧波、梁清散、宝树都是中国科幻更新代代表作家，他们的作品风格奇特、充满创意，用无垠的想象为读者构建了一个又一个天马行空的世界。

第三册《太阳坠落之时》收录了张冉的《以太》和《太阳坠落之时》。

张冉也是中国科幻更新代代表作家之一，早在2013年，他便以处女作《以太》荣获第四届全球华语科幻星云奖最佳科幻短篇小说金奖。他的作品中有一种人文和青春的情怀贯穿始终，淋漓尽致地展现了科幻文学的魅力。

《以太》抓住“信息控制”和“主体自由”之间的矛盾冲突——这个当代科幻小说最常见的主题，独具匠心地创造了“手指聊天聚会”这种反抗控制的低技术形式，给饱受高技术压迫的人一种获得解脱的幻象，可见作者深谙反乌托邦类型作品魅力的真谛。

《太阳坠落之时》对萦绕于人们心中的噩梦进行了开创性的描述，纵横于天地之间，波澜壮阔、扣人心弦，是一篇科幻性和文学性俱佳的作品。

第四册《彼岸花》收录了阿缺的《再见哆啦A梦》《彼岸花》和顾适的《嵌合体》。

阿缺和顾适都是近几年快速成长起来的新锐作家，前者是一名大学教师，后者是一名城市规划师。以他们为代表的中国科幻全新代作者正在科幻文学风格多样化尝试的道路上大步迈进。

《再见哆啦A梦》以生动的笔触描绘了具有现实感的乡土中国背景，并细腻地摹画了少男少女的朦胧感情。结局处理虽有些简单化和理想化，但着实感人肺腑。愿“每一个孤单童年，都有一只哆啦A梦在守护”！

《彼岸花》语言幽默风趣，是一篇名副其实的“重口味”轻小说。它用非人的眼光看破人类的穷形尽相，可谓丧尸版的《狂人日记》。那朵让丧尸渡过劫难、抵达彼岸的奇花，是作者寄予世界的温情和希望。

《嵌合体》立足于当代最热门的前沿科技，从“爱和自由”的视角入手，以细腻锋利的文笔，用双线交织的结构，将悬疑案件与科幻故事紧密结合，让想象的触角拓展并深入人类起源这一古老的议题——人类究竟源于自然的进化，抑或本身就是嵌合体?

科幻文学是清朝末期民国初年从西方引入的一种类型文学，经过中国科幻作家百余年的探索和奋斗，已经打造出独具东方文化特色的科幻文学体系。特别是进入21世纪以来，中国科幻作家通过不断努力，形成了华语科幻共同体，创立了全球华语科幻星云奖，并提出了“新科幻，出东方”的宏伟目标。这套金奖作品集，是新时代中国科幻作家作品的精华凝结，也是中华文化多元一体的生动表现。

我们相信，中国科幻作家的创作根植于中国五千年文明史，一定能继续书写有东方文化特色的优秀科幻文学作品，进一步激发青少年的科学梦想，助推中国成为世界科技强国。

新科幻，出东方！

促科学，铸强国！

主编：董仁威

副主编：阿贤

目　录

张冉

以太

1

我忽然想起二十二岁那年一个冬天的午后。我的右边坐着一对非常漂亮的双胞胎姐妹，叽叽喳喳地聊着天；左边坐着一个胖家伙，抱着瓶碳酸饮料不停地给自己续杯。我的碟子里是冷掉的鸡肉、乳酪和切碎的甘蓝，如今我已经记不得那些食物的味道，只记得夹通心粉的时候有一些掉在了我崭新的条纹长裤上。整个宴会的后半段，我都一直在擦拭长裤上新月形的污迹，留鸡肉在盘子里渐渐变冷。为掩饰尴尬，我试图与那对双胞胎姐妹找个话题聊聊，但她们似乎对大学生活不感兴趣，而我也不懂得马尾辫的几种绑法。

那场宴会显得极其漫长，一个又一个人站起来无休无止地举杯致辞，我一次又一次随他们举起高脚杯，啜饮苹果汁，明知没有任何人会注意到我的举动。宴会的主题是什么？婚礼、节庆还是丰收？我记不清。那时我无数次隔着四张桌子偷偷看我的父亲，他忙于与同样年纪、长着浓密胡须和酒糟鼻的朋友们聊天喝酒，说着粗鲁的笑话，直到宴会结束都不曾向我投来一线目光。乐师疲惫地将小提琴装进琴匣，有人开始收拾狼藉的杯盘，醉醺醺的父亲终于发现我的存在，摇晃着庞大的身躯走来，嘟囔着说：“你还在啊？叫你妈来开车。”

“不。我自己回去。”我站起来盯着地面说，用力揉搓长裤上的污迹直到手指发白。

“随便。跟你的小朋友们聊得好吗？”他四处张望。

我没有回答，握紧拳头，感觉血液向头部聚集。他们不是我的朋友。他们只是孩子而已，十一二岁的小孩，而我已经二十二岁，即将从大学毕业。在城市里，我有我的朋友和骄傲。在那里，没有人拿我当孩子看待、把我安排在一桌儿童中间、在我的高脚杯中倒满甜苹果汁而不是白葡萄酒，在我走入餐馆的时候，侍者会殷勤地接过我的外套叫我一声“先生”，若不小心将通心粉掉在长裤上，我的女伴会温柔地用湿巾帮我擦去污迹。我是成年人了，我想要成年人的话题，而不是在愚蠢的乡村宴会中被当作学龄儿童对待。

“……去你的！”我说，然后头也不回地走掉。

那年我二十二岁。

我努力睁开眼睛，天色已经完全暗了，屋子笼罩在对街脱衣舞俱乐部的霓虹灯光芒中。起居室里只有电脑屏幕闪闪发亮。我揉着太阳穴，从沙发上缓缓坐起，端起咖啡桌上的半杯波旁威士忌一饮而尽。这是我本周第几次在沙发上睡着了？我应该上网查查，四十五岁的单身男人在周日下午窝在家里独自上网直至进入一个充满童年经历的梦境是否有益于身心健康，但头痛告诉我不必打开搜索引擎就能知道：这种无聊的生活正在谋杀我的脑细胞。

“喂，在吗？”液晶屏幕上的Roy说。

“在。”我从烟灰缸上找到半截雪茄，弹掉烟灰，用火柴点燃。

“你知道吗？他们开了一个讨论组专门讨论如何用肉眼区分蓝鳍金枪鱼与马苏金枪鱼生鱼片。”Roy说。

“你参加了吗？”我吐出一口瑞士机制雪茄充满草腥味的烟雾。

“没有，我觉得这个比前一个讨论组更无聊——你知道的，‘硬币自然坠落正反面概率长期观察小组’。”Roy打出表示无奈的符号。

“可是你参加了那个小组。”

“是的，我连续十五天、每天抛硬币二十次，然后将测试结果反馈给讨论组。”

“后来呢？”

“越来越趋近常数呗。”Roy给我一个苦笑。

“你们根本就知道这是必然结果啊。”我说。

“当然，可网络如此无聊，总得找点事干呢。”Roy说，“要不要一起参加‘肉眼区分蓝鳍金枪鱼与马苏金枪鱼生鱼片小组’？”

“免了，我宁肯去看看小说。”雪茄快烧完了，我拿起威士忌酒杯，“呸呸”连声吐出嘴里苦涩的唾液。

“小说、杂志、电影、电视都让我发疯。总有一天，我会被无趣的世界杀死。”Roy打了个大大的句号，下线了。

我关掉对话框，登陆几个文学和社交网站想找感兴趣的文章来看，但正如从未谋面的网友Roy所说，一切正向着越来越无趣的方向发展。在我年轻时，网络上充满观点、思想与情绪，热血的年轻人在虚拟世界展开苏格拉底式的激烈辩论，才华横溢的厌世者通过文学表达对新生活的渴望，我可以在电脑屏幕前静坐一整个晚上，超链接带领我经历一次又一次热闹的旅行。如今，我浏览那么多网站头条与要闻，却没有找到一个值得点击的标题。

这种感觉令人厌恶，又似曾相识。

我点开常去的社区网站的头条新闻《民众在市政府前游行示威抗议钓鱼者对蚯蚓的不人道行为》：视频窗口弹出，一群穿着花花绿绿衣衫的年轻人左手拎着啤酒瓶、右手举着歪歪扭扭的牌子站在市政广场，标语牌上写着“坚决反对切断蚯蚓”“你的鱼饵是我的邻居”“蚯蚓和你家的狗一样会感觉到痛”……

他们没有其他事情可干了吗？就算游行示威，不能找个更有意义的话题吗？头痛袭来，我赶紧关掉显示器，倒在棕色的旧沙发里，疲惫地闭上眼睛。

2

四十五岁的贫穷单身汉在城市这个庞大资源聚合体中显得无足轻重，我每周工作三天，每天工作四个小时，主要职责是“在满足条件的申请书中挑选出个人情感认同的”。在计算机抢走大部分人类饭碗的今天，在政府部门以“个人情感”因素审批特殊贫困津贴的申请书几乎是份完美的工作，它不需要任何培训背景或知识储备，当局认为在自动审核通过的众多特殊贫困津贴申请书中挑选幸运者应当适度体现冰冷规章制度之外的人情味，故聘请社会各阶层人士——包括我这样的失败者——参与此项工作。每周一、三、五的上午我从租住的公寓乘坐地铁来到社会保障局那间小小的、与三名同事共享的办公室，坐在电脑前，把电子印章盖在屏幕中比较顺眼的申请书上。名额时多时少，通常盖三十个印章后我的工作就结束了，余下的时间可以找人聊聊天、喝喝咖啡、吃两个百吉饼，直到下班铃打响。

与此前无数个周一相同，我完成四个小时的工作，打卡后离开社会保障局的灰色花岗岩大楼，走向不远处的地铁站。地铁站入口通常有个单人乐队的表演者在单调鼓声中吹着刺耳的小号，每次我经过的时候，那个阴郁的表演者总盯着我的眼睛——或许是因为几年来我没给过他一分钱——让我感到不快。猫抓玻璃一样的小号声果然响起，让我前一天尚未痊愈的头痛蠢蠢欲动，我决心向反方向走一个街区，去上一个地铁站搭地铁。

上午下了一点小雨，地面湿润，扎辫子的滑板少年飞速掠过，两只鸽子站在咖啡馆的招牌上嘀嘀咕咕。橱窗映出我的影子：身穿过时的黄色风衣的瘦削半秃中年人，长着一个与我父亲一模一样的酒糟鼻。我摸摸鼻子，不禁想起我久未谋面的父亲，准确地说，自从二十二岁的宴会后就再也未见面的父亲。母亲给我的电话中有时会谈起他，我知道他还住在农场，养着一些牛，留着几棵苹果树用来酿酒，但酒精毁了他的肝，医生说他没办法再喝酒了，直到科学家发明肝癌的根治方法。说实话我并不感觉悲伤，尽管我完全继承了他的红鼻子和宽大的骨架，但我整个后半生都在逃避父亲的影子，避免自己成为那样自私、狭隘与嗜酒的肥胖老头——如今我发现，唯有避免肥胖这一点，我做到了。他人生最大的亮点是娶到了我母亲。我连这一个亮点都没有。

“站住！”一声大喝打断我的自怨自艾。几个穿着黑色连帽衫的人越过车流向这边快速跑来，两名警察挥舞警棍跌跌撞撞穿过刹停的汽车追赶着，一名警察吹响哨子，另一人则大声喊叫。

驾驶员的叫骂声与汽车的鸣笛声响成一片。我将身体贴近咖啡馆的橱窗。“别惹麻烦！”父亲络腮胡子中因劣质雪茄而泛黄的牙齿在我眼前闪现。穿黑色连帽衫的人撞倒路边的垃圾桶，从我身边跑过，一个、两个……一共四个人，我装作毫不在意，但发现他们都穿着帆布鞋。是年轻人。谁年轻时没有穿过脏兮兮的帆布鞋呢？我低头看看自己脚上暗淡无光的棕色系带皮鞋，鞋面因长时间穿着产生一道道褶皱，像我照镜子时极力回避的额头的皱纹。

忽然有人伸出手挡住我望向脚面的视线，探进风衣兜里拉出我的右手，我感觉手心传来滑稽的瘙痒——那人用手指在我掌心画着什么图案。我惊诧地抬起头来，停在我面前的是第四个黑衣人，身材矮小，兜帽罩住眼睛，他迅速地在我手中画着什么，然后拍拍我的手掌说：“你明白吗？”

“快点！”另外三人在前面呼唤，第四个人回头望一眼越追越近的警察，丢下我向伙伴们飞奔而去。警察气喘吁吁地追来。“站住！”其中一个声音嘶哑地喊道，另一个口中含着哨子，吹出断断续续的哨音。我确信他们越过我的时候扭头看了我一眼，但两名警察没有说什么，挥舞警棍跑远。

逃的人和追的人转过花店所在的街角，不见了。潮湿的街道上汽车开始移动，行人穿梭，仿佛什么都没有发生过，只有我的右手，残留着陌生人指尖的温度。

3

“照旧吗？”我公寓楼下那间餐馆的女侍应皮笑肉不笑地问我。“当然。”我不假思索地说，“……等等，再加一份腌熏三文鱼。”已经转身走开的女侍应从肩头比画一个OK的手势。

“有什么事发生吗？鉴于你会更改你的食谱。”我唯一称得上朋友的熟人、同样在社会保障局工作的瘦子带着不讨人喜欢的笑容问。“你一定遇到了一个令人心动的姑娘。她是金发对吗？”他的灰眼珠带着窥探隐私的愉悦光芒。

“扯淡。我下午碰到示威游行，你知道，视频中那些呼吁给蚯蚓人道主义关怀的小痞子。”我摇摇头，“谢谢。”我接过女侍应递来的盘子，肉丸三明治配腌黄瓜，万年不变的晚餐食谱。

“无聊。”瘦子摇摇头。“说起来，你知道吗……‘马铃薯’这个词来源于牙买加的阿拉瓦语。”

我恍惚觉得他说后半句话的时候声音有点奇怪，仿佛嗓子里塞了块什么东西，或许是凉啤酒让我的耳鸣复发了。“不知道。我也没兴趣学习一种已消亡的语言。”我把腌黄瓜送进嘴里。

瘦子有些惊异地睁大灰眼睛：“你没兴趣谈这个话题？”

他的声音正常了。是耳鸣。我得去看看医生，如果今年医疗保险没有超额的话。“完全没兴趣。”我嘴里含着食物嘟囔着。

“好吧。”他失望地低下头，把玩着啤酒杯。女侍应将他的晚餐放在桌上，又将我的腌熏三文鱼递给我。“说真的，你们两个有空的话得出去玩玩。比如脱衣舞俱乐部什么的。”她扫了一眼我们脸上的表情，撇撇嘴，走开了。

我和瘦子扭头看看街对面灯红酒绿的俱乐部，没作声。我伸手从他盘子里拿出两根薯条塞进嘴里，将腌熏三文鱼向他那边推了推。“你有没有觉得我们最近聊天缺乏有趣的话题？”我说。

“你也有这个感觉？”瘦子惊奇道，“我也是这一两年发现聊天变得没趣起来。”

“也许是我们都老了？”我不情愿地缩回拿薯条的右手，手背上有一块显眼的色斑，刚出现没多久，就像二十二岁那年长裤上的污迹，令人难堪。

“我刚四十二岁！西蒙尼斯四十一岁才赢得威尔士公开赛冠军！”瘦子叫道，右手的薯条在空中飞舞，“一定是单调的工作让我们变成这样，等退休以后一切都会不同，对吗，老兄？”

“但愿如此。”我心不在焉地回答。

4

这天晚上，我多喝了两瓶凉啤酒，打开公寓门之后感觉一阵阵眩晕，没顾上洗澡，直接走进卧室倒在床上。床单上有一股奇怪的泥土味道，不知是不是因为太久没换，可从好的方面说，这种味道让我想起小时候的农场——不是充斥着父亲浓重体味的那个农场，而是他酗酒之前我、姐姐和母亲安宁生活的平静农场。记得我和姐姐在新建的谷仓中玩耍，空荡荡的谷仓里充满新鲜木料和泥土的清香，阳光从阁楼的小窗户洒进来，带着妈妈烘焙饼干的味道。

跑累了，我们倚着墙壁坐下来，姐姐把我的右手拉过去。“闭上眼睛。”她说。我听话地闭上眼睛，阳光在眼皮上烙出红晕。手心痒痒的，我咯咯地笑了起来，想抽回手掌。“猜猜我写的是什么字。”姐姐也笑着，手指在我掌心移动。“我猜不出来……写慢一点啦。”我想了想，抱怨道。姐姐于是慢慢地重新写了一遍。

“马？”我看着她，迟疑道。

“对了！”姐姐哈哈大笑，揉着我的头发，“再来再来。猜对五个字的话，我的那匹小骟马让你骑两天。”

“真的？”我惊喜地闭上眼睛。

手心又痒了起来，我忍住没有笑出声。“这次是……‘叫’？”

“是‘道’啦，小笨蛋！”姐姐笑着弹我的鼻子，然后蹦起来跑了出去，“谁先回去，谁吃大块的奶油曲奇饼干哦！”

“等等我……”

我伸出手臂，睁开眼睛，看到被霓虹灯照亮的天花板，天花板角落有一摊水迹。楼上那家人又忘记关浴缸水龙头了，这次得让公寓管理员狠狠地教训他们，我想着，发现自己刚从童年的梦中醒来。穿了一整天的衬衣泛出酒精的酸味，脖子和后背因别扭的睡姿而生疼。我花了五分钟从床上坐起来，看看闹钟，现在刚刚凌晨一点。

起床冲澡、喝了两杯水后感觉好些，但再没有睡意，我穿上睡衣坐在起居室沙发上，打开电视，深夜节目同往常一样，没有任何令我感兴趣的东西。换台的时候，我看到右手那块丑陋的色斑，不由自主地用左手搓着，尽管谁都知道那玩意儿没可能用手搓掉。忽然来自手心的微微痒意令我打了个寒战，等等，这种感觉是什么？刚刚梦境中出现过的、姐姐在我手中写出的稚嫩字符……

今天中午，穿黑色连帽衫的人在我手心画出的并不是什么符号。

他在我掌心写字。不，她在我掌心写字。她是一个女人，黑色连帽衫遮住了性别特征，但她纤细的手指不可能属于男人。她写了什么？

我忙乱地翻出纸和笔，尽力回忆手心的触感。中间的一个字是姐姐写过的……没错，这是一个“道”字。

我在纸正中写下“道”。

前面是一个词，她写得很快，非常快。在长期审核申请书的工作中我发现人们遇到象征美好幸福的词组通常写得很快，并且连笔，比如“微笑”“永恒”“梦想”“满足”。她写的是一个短词，词性是正面的……等等！是伊甸。

我在纸左边写下“伊甸”。

后面是一串数字，阿拉伯数字，这串数字她写了两遍，我皱起眉头，细心地回忆她手指的每一道运动轨迹。7、8、9、5？不，第一个数字划过我的小鱼际部位，象征末尾有一个折弯，那么是2。2、8、9、5，没错。两遍，确认。

我在纸右边写下“2895”。

纸上写着“伊甸道 2895”。

显然这是一个地址。我扑到电脑前，打开地图网站，输入“伊甸道 2895”，页面显示伊甸道在我所在城市的另一端，远离闹市区与金融中心的贫民窟。然而伊甸道并没有 2895 号，准确地说，门牌号到 500 号就结束了。

我揉着太阳穴。数字一个个化为皮肤的触觉，在我的掌心画出酥麻的痕迹，我盯着掌心。2、8、9，没有错误。5……哦，当然，也可能是一个 s。我输入“伊甸道 289s”，地图锁定了一栋四层高的公寓楼，位于伊甸道的中央，整个城市的边缘，距离我四十五公里远的地方。“是了！”我兴奋地一拍键盘站起来，又因头部充血的眩晕跌坐回去。

那里有什么？我不知道。但我知道在四十五年循规蹈矩的生命里，并没有任何穿黑色连帽衫的女士用极其隐秘的方式给我留下联系地址的离奇经历——或者说，我根本是一个没有女人缘的失败者。无趣的人生里，终于出现了一点有趣的事情，无论是荷尔蒙的驱动还是好奇心勃发，我都决定穿上风衣，去伊甸道 289s 寻找一些不曾有过的经历。

别惹麻烦！小子。出门前我在穿衣镜里看见父亲挺着大肚子、手中拎着酒瓶子说。

去你的吧。我同二十三年前一样大步走开。

5

我有一辆摩托车，但久未使用。大学时我像所有年轻人一样热衷于时髦的玩意儿：最新的手机、平板电脑、等离子电视、能够发电的运动鞋和大马力的摩托车，谁不爱哈雷-戴维森和杜卡迪呢？但我负担不起昂贵的名牌摩托车，二十六岁那年，我终于从一个签证到期即将回国的日本留学生手里买下这辆跑了一万两千多公里的黑色川崎 ZXR400R。这辆摩托车的车况好极了，刹车盘如同全新的一样闪闪发亮，排气管的吼叫声无比迷人。我迫不及待地骑上车子去向朋友们炫耀，但他们早已玩腻了，坐在酒吧里谈论女人时，外面停着他们崭新的梅赛德斯–奔驰与凯迪拉克。

大概是从那个时候起我就不再有什么朋友。我打起领带，骑着川崎摩托车去工作，人们用奇怪的眼光盯着我和我离经叛道的座驾。终于我妥协了，将心爱的摩托车锁进储藏室，伴随着年龄增长与不断的职场失意，我转眼间变为四十五岁的单身酒鬼，偶尔在晴朗的天气里擦拭摩托车时我会问心爱的川崎："老伙计，什么时候再出去兜兜风？"它从不回答我。尽管我一再鼓起骑车出游的勇气，可只要想想半秃中年男人跨坐在流线型摩托车上的丑陋画面就让我胃部不适——那就像醉醺醺的父亲自以为得体地与每个遇见的女人搭讪一样让我作呕。

我走下破旧公寓楼的楼梯，用钥匙打开公用储藏室布满灰尘的大门，在一大堆啤酒易拉罐下面找到我的摩托车，掀掉防雨布，摩托车乌黑的漆面上也积满灰尘，但轮胎依然饱满，每个齿轮都泛着油润的光泽。我打开一小桶备用汽油灌进油箱，拨动风门，试着打火，四汽缸四冲程发动机毫不犹豫地发出尖锐的咆哮，排气管吹出的热风扬起我的裤脚。老伙计没有让我失望。

"该死的，你不知道现在几点吗？"推车走出储藏室时一个啤酒瓶摔碎在我脚下，抬头一看，房东太太戴着睡帽在二楼的窗口怒吼着。我反常地没有道歉，跨上摩托车，轰了几下油门，轰鸣声在整条街道上回荡。"你疯了？"在房东太太的叫喊声里，我猛松离合，在川崎摩托车轮胎发出的吱吱摩擦声与橡胶燃烧的焦臭味里，我兴奋地大叫，飞速将我的公寓和脱衣舞俱乐部抛在脑后。

风呼呼作响，我没有戴头盔，感受空气把我松弛的脸部肌肉挤成滑稽的形状，为掩饰脱发而留的长长的头发随风飘扬，但我不在乎凌晨一点的街道上有多少人会目睹丑陋中年男人骑着摩托车飞奔，起码这一刻，我无聊太久的人生里有了一点点追求快乐的强烈渴望。

路程显得太短。没等我好好体味飞驰在寂静城市街道的乐趣，伊甸道的路牌就已出现在眼前。我放慢速度，换入二挡，扭头观察门牌号。从地图上看，伊甸道距离最近的地铁和轨道电车站点都有两公里的距离——这是一个被遗忘的街区。街道不宽，路边停满脏兮兮的旧车，三四层的老旧楼房紧紧挨着不留一丝空隙，其中多数显得比我住的公寓楼更破烂。街灯大多坏了，川崎ZXR400R的车灯在黑漆漆的街道上打出一团橘黄光晕，垃圾箱里跳出一只野猫，向我看了一眼，转身走掉。这时我冷静下来了，思考在夜里横穿城市到不熟悉的街区寻找陌生人留下的奇怪信息这一举动的合理性，每一根电线杆后面都可能跳出手持尖刀的抢劫犯，甚至盗窃人体器官的黑市医生。我希望摆脱无聊的生活，但绝不希望是以尸体照片出现在隔天早报头条的方式。

我尽量降低转速，但这里太安静了，川崎摩托车的轰鸣声显得比超期服役的B-52轰炸机的还大。幸好这时一个铜质门牌出现在灯光里：伊甸道289a/b/c/d/s。我停在路边，熄灭发动机，关掉车灯，死一般的寂静立刻将我笼罩，伊甸道两端陷入黑暗，唯有 289 号公寓楼门前亮着一盏微弱的白炽灯，灯罩在风里微微晃动，发出金属摩擦声。

该死，应该带一个手电出来的。我后背渗出冷汗。手机，对，手机。我摸遍风衣，在内袋中找到自己的老式手机，点亮闪光灯，橄榄球大小的白色光斑给了我些许安慰。

我走过去，轻轻拉开伊甸道 289 号的大门。门没有锁，两扇门其中一扇的玻璃碎了，地上没有玻璃碎片。门内更加黑暗，在手机照明中隐隐约约看到一个废弃的柜台，木柜台后贴着纸页泛黄的房间登记簿，说明这里曾经是一个旅馆。右手边是楼梯，我走近些，照亮墙壁，墙壁上歪歪扭扭地写着：a/b/c/d，后面画着一个向上的箭头。没有 s。

我用手机向上照。楼梯通往黑漆漆的二层，什么也看不到。“别惹麻烦！”父亲用一贯漫不经心的语气强调说。我挥挥手，赶走碍事的回忆。手机闪光灯晃过楼梯背后，没有向下的阶梯，通常在楼梯下三角区域会有一个储藏室，我看到储藏室的门，门上涂着奇怪的绿色油漆，门把手出人意料地闪闪发亮，显得与陈旧的公寓楼不太协调。

我迈步走向那扇门，旧棕色系带皮鞋在磨损严重的水磨石地面上踏出带着回音的脚步声。黄铜门把手像它的外观一样光滑油润，我试着用力旋转，门没有锁，推开门，长而狭窄的水泥阶梯出现在眼前，在手机闪光灯有限的视野里，我看不到楼梯通往多深的地下。

没有声音。这里静得像个坟墓。要不要下去？我踌躇了一下，看看手机屏幕上显示的剩余电量，稳定心神，拾级而下。两侧墙壁挤压过来，阶梯仅容一人通过，我照亮脚下的路，数了大约四十级台阶，面前出现一堵墙壁，阶梯转向反方向继续延伸，我继续前进——或者说，走向地心深处。这算不上有趣的体验，我的心怦怦跳动，眼睛充血，脚步声经过墙壁反射忽前忽后响起，让我不止一次回头张望。又是四十级台阶，灯光照亮通道尽头一扇虚掩的绿色木门，门上有个大大的黄铜字母：s。

是这里了，伊甸道 289s。我心绪复杂地考虑了几秒钟要不要敲门。如果把陌生女人传递的信息当作异性邀约，那无论敲不敲门，在凌晨两点拜访都是失礼的举动；又倘若那个信息是参加某种秘密组织的暗号，那还有比现在这个诡异的情境更适合的入会方式吗？——我需要一杯威士忌，哪怕啤酒也好。我舔舔干燥的嘴唇。

我推开虚掩的门走进去。一片黑暗。我左手高高举起手机，尽量使闪光灯照亮更多地方。在那一瞬间，我感觉头骨因头皮的剧烈收缩而发出不堪重负的嘎嘎声，不由自主地，我扭动僵硬的脖子，借由闪光灯巡视室内的每一个角落。

这是一间相当庞大的地下室，墙壁没有任何装饰，管道与混凝土遍布四周，空气潮湿而污浊。几十个身穿黑色连帽衫的人——或许有上百个——静静地盘腿坐在地上，手拉着手。没有人说话，就连呼吸声也轻得像蚊虫振翅。人们闭着眼睛。

灯光照亮一张又一张黑暗中的脸庞。兜帽下，有男人、女人，老人、青年，每张脸庞都浮现出一种诡异的愉悦。没有人对我这个不速之客做出任何反应，甚至眼皮下的眼珠都没有滚动，地下室的空气是凝固的，我僵立在门口，喉咙发出无意义的咯咯响声。

我急需喝一杯。我的眼前出现父亲手里总是拎着的那只琴酒酒瓶和里面哗哗作响的透明液体。先离开这里。出去，骑上摩托车回到公寓，给自己倒上满满一杯波旁威士忌。我咽下口水，感觉喉结干涩地滚动，尽量放慢动作，一步一步退出屋子，伸出右手想将木门掩上。为了让自己的视线从诡异莫名的静坐人群身上移开，我盯着右手背上丑陋的色斑，下定决心明天就去医院做个该死的激光手术，顺便让医生诊断一下我的幻听问题。

忽然一只手搭在我的手背上。从门那端伸来的手，套着黑色连帽衫的手臂，手指瘦弱而有力。我感觉全部体毛一瞬间站立起来，手机从左手滑落在地，闪光灯熄灭了，我的眼前一片漆黑。短时间内我无法动弹、不能思考。一根食指轻轻伸进我手心，在我掌心移动。熟悉的酥麻触感出现了。是昨天中午那个神秘的女人，我几乎能从她的指尖分辨出她的指纹——或者是生物电？我的脑海中读出她正在写的几个字："别怕。来。……分享。……传递。"

别怕。分享什么？传递什么？我是否漏掉了几个关键词？我任由那只手牵着，挪动僵硬的脚步，再次进入寂静的房间。黑暗的空气像黏稠的油墨，神秘的女人拉着我，蹚过黑暗慢慢走向房间深处，我害怕踩到某个静坐的黑衣人，但我们的路线曲折而安全，直到女人停下脚步，写道："坐下。"

我摸索着，周围空无一物，我坐在冰冷的水泥地面上，尽量睁大眼睛，还是看不到任何东西。女人的呼吸声在右边若有若无地响着，她的左手还放在我掌心，那只手很凉，皮肤光滑。手指移动了，我闭上双眼，解读掌心的文字：“对不起。以为。懂。不。害怕。朋友。”

“对不起，我以为你原本懂的。不用害怕，我们是朋友，这里都是朋友。”用一点想象力，手心的触觉就化为带有感情色彩的句子。虽然我不明白她为何不用声音交流，但这样感觉也不算坏。恐惧感像阳光下的冰雹一样融化，我渐渐习惯失明般的漆黑，习惯手心的触觉。

她凑近我，摸到我的左手，将我的手指握在她的右手掌心里。我立刻明白了，在她手中写道：“我没事，这是很有趣的经历。”

“慢点。”她写道。

我放慢速度，一个字一个字写出：“我。很好。有趣。”

“学得很快。”她画出一个新月形。我觉得那是一个笑脸符号。

“你们。这儿。聚会。”我写道，然后画了一个问号。

“是的，这是每天的聚会。”她回答。

“这是什么样的聚会？你们是什么样的组织？为什么找到我？”

“用手指聊天的聚会，你会爱上它的。我在街上看到你，你冲着玻璃窗发呆，觉得你一定跟我一样，是个非常孤独的人。感觉世界无聊到爆的人。”

“我？……算是吧。说实话，我确实觉得人生乏味，不过遇到你以前，从未想到要去改变什么。”

“那从现在开始。”她又画了一个笑脸符号——这一瞬间，我觉得我爱上她了，尽管我从未看见她的容貌，也嗅不到女孩身上应有的香水味道。

“那我现在应该做什么？”我问。

“参加手指聊天的人组成一个环，每个人都与其他两个人连接，用左手写字，右手当别人的写字板，想听什么，想说什么，随你。刚刚为了迎接你，我从环中退了出来。”她回答。

“我大概懂了。”我想了想，“那我没办法像现在这样跟某一个人聊天吗？我只能对左边的人说话，听右边的人对我说话。”

“在‘手指聊天聚会’中，没办法的。私下里……随你。”

“假如——仅仅是假如——我对右边的人感兴趣，那我的右手与他的左手轮流读和写，不就可以单独对话了吗？”

“那是不被允许的。‘手指聊天聚会’的规则就是保持信息的单向流通。但你可以创造一个话题传递出去，让你感兴趣的人参与进来。”

“……我不大明白。”

“比如你想与右边的人聊聊总统，那么可以对左边的人发布话题：‘大家觉得总统先生对待外汇储备的策略是否正确？’左边的人会根据自己的兴趣加入自己的观点，或者将问题原封不动地传出去，而作为一个环，话题最终会到达你右边的人那里，他就可以对你表达意见了。‘手指聊天聚会’不是为对话产生，分享思想、传递观点才是它有趣的地方。有人告诉我这种形式来自已经消亡的古老网络拓扑结构。”

“听起来很复杂的样子。”我搞不明白他们为什么发明这样奇怪的机制来谈天，网上有大把的开放讨论组，到餐馆里喝杯啤酒聊聊天是更好的主意，但被奇特经历引领到这个神秘聚会的我，不会放过任何尝试的机会。“我能够加入聚会吗？现在？”

“对于初学者来说，环中的信息量太大了，你传递效率低下会导致整个环传导的阻滞。为提高效率，我们在环聊天时使用大量的缩略词和简略写法，你需要时间习惯。”她回答，接着用了五分钟给我演示那些专用缩略词。“你不像个初学者。”惊异于我的学习速度，她画出大大的p，代表吐舌头的表情。

当然，这是我和我姐姐的小秘密。我想。“放心，让我试试吧。”

“……好吧。我在你左边。现在，我们向前移动三步，那里是环的一个节点，你拍拍右边人的肩膀，他会暂时断开环，然后你用右手拉住他的左手。记住，要快。”她迟疑一下，答应了。

我们交换位置，她用右手握住我的左手，带领我向前移动。我隐约感觉前面人的体温，蹲下去，触到一个人的肩膀，轻轻拍了一下。那人立刻向右让开位置，我和她手拉手坐下，右边的人找到我的右手，与我相握。

那是一只坚硬、骨节粗大、肌肉发达的男人的手掌，但手指却出奇灵活。我的掌心立刻被快速的书写覆盖了，右边人写得太快，以至于我无法分辨出每个字母，我努力捕捉关键词和缩略词，通过猜测大致了解一句话的意思，脑子还没烙下痕迹，下一句话又汹涌而来——这是手指书写构成的信息洪流，我的皮肤敏感度显然还不够格。忙乱解读文字的同时，断断续续写给左边的她。“……反对党……丑闻……下台风波……秘密警察……逮捕……”一段信息只翻译出部分关键词，是我挺感兴趣的一个话题——现在的网络讨论组里从来没人提起的话题。我想加入自己的观点传给她，但下一条信息已经到了。“空天飞机坠毁……牙买加。丑闻。液体燃料泄漏。NASA失去政治支持？俄罗斯攻击。”前面是议题，后面是人们的观点。我想我逐渐习惯了接收信息，她说得对，我不算个新手。但左手的几根手指无论如何也做不到迅速而清晰地传出资讯，多次尝试以后，我泄气地写了一个“对不起”。

她的掌心凉爽光滑，像我小学时教室里崭新的黑板。这时，她伸出食指，偷偷地在我左手心写了三个字：“原谅你。”

我能感觉自己的嘴角上扬。“你刚刚告诉我这是违规的。”我写道。

“有进步。”她明显违规地加上一个笑脸。

6

敲门声把我吵醒。我用枕头捂住耳朵，希望等一会儿敲门的人会自己离去，但五分钟后，我不得不套上睡袍、趿着拖鞋走向起居室。敲门声不紧不慢、执着地响着，我从猫眼望出去，一顶警察的大檐帽挡住全部视线。“见鬼。”我嘟囔着打开门锁，拉开门：“有什么可以效劳？”

“你好。”倚在墙上的小个子警察摘下帽子，出示徽章，没精打采地说：“先生，能耽误你五分钟吗？你知道的，例行谈话那一套。”

“好吧，五分钟。”我转身走回起居室，倒在沙发上，给自己倒了半杯波旁威士忌。时钟显示周二下午一点半，糟糕的睡眠质量让我的脑袋又隐隐作痛起来。我把琥珀色的酒精倒进嘴里，长长吐出一口气。电脑屏幕亮起来，Roy留言道：“我参加那个讨论组了，比想象中有趣一点点。”

看起来三十岁左右、留着老式髭须的小个子警察毫不见外地在单人沙发上坐下，左右打量我的小公寓：“挺不错的地方。”

“二十年前显得更好些。”我回答。

警察把大檐帽放在我的咖啡桌上，从兜里掏出平板电脑和电子笔，想了想，又丢下，靠在单人沙发上略显无聊地叹口气：“连我自己都知道，这种问话半点意义都没有。”

“工作。对吧。”我表示理解。

“好吧，工作。”他皱着眉头，不情愿地捡起平板电脑，“那么……你在社会保障局工作。周一、周三、周五。”他读道。

“没错。”我回答。

“四十五岁，单身。去年因医疗保险诈骗被判社区服务两个月。”他略显惊异地念道。

“是医院没搞清楚我的额度！他们后来道歉了。”我烦躁地解释道。

“今天凌晨一点十二分接到投诉，你打扰邻居睡觉了？”警察懒懒地用电子笔的末端梳理小胡须。

“呃……”想起今天凌晨的经历，我忽然没来由地一阵紧张。警察登门会不会与“手指聊天聚会”有关？尽管我没觉得一群人坐在黑暗中抠对方的手心有什么违法的地方，但直觉告诉我，什么也别说。保守这个秘密。别惹麻烦。就像父亲常常对我说的那样。“……我喝了点啤酒，醒来以后骑摩托车出去兜风。就这样。对邻居的投诉我深感歉意。”

“哦。骑摩托车兜风。”没什么干劲的警察在平板电脑上写道，“男人的浪漫，我懂的。那就这样。没问题了——你知道，对精神衰弱的老太太的投诉我们向来不太当真，但总得例行公事走一趟是吧？”他站起身来，把大檐帽夹在腋下，将平板电脑和电子笔塞回口袋。

“结束了？”我不敢相信地站起来。

“感谢您的配合。”警察干巴巴地说着标准用语，转身出门。我端着威士忌杯子送他出去，在关门时，警察回头抬起黑眼珠看了我一眼说：“对了，你骑摩托车没去什么不该去的地方吧？”

“……什么不该去的地方？当然没有。”我立刻回答。

“哦，你的摩托车在城东南方向脱离了摄像头的监控。一定是条风景独特的小巷，不是吗？虽然目前犯罪率达到半个世纪以来的最低点，但世界上还是存在各式各样的坏人的。今天好心情，先生。”他似笑非笑地拍拍我的肩膀，扣上大檐帽，点头致意，然后走下公寓楼嘎吱作响的木头楼梯。

我反锁屋门，靠在门上急速喘气。警察真的掌握到什么信息了？神秘的“手指聊天聚会”是什么非法组织？对了。我这个笨蛋。我拍拍脑袋，想起昨天中午遇到她的情形，她和她的伙伴们正在被两名警察追赶。

我需要再次见到她。话题千奇百怪、令人兴奋莫名的“手指聊天聚会”在凌晨三点结束，穿黑色连帽衫的人们默默地依次离开伊甸道289s简陋的地下室，我与她在人群中失散，遵守聚会的准则，我没有大声喊她——后来发现，还不知道她的名字。

我需要再次见到她。

7

上线后Roy已经离开，我叹口气，关掉电脑。“手指聊天聚会”从午夜十二点开始，我从未如此急切地等待天黑，不停起立、坐下、切换电视频道，坐在马桶上发呆，反复看表。为消磨时间，我从保湿盒里取出珍藏许久的玻利瓦尔 2 号雪茄，将昂贵的铝管打开，用雪茄剪小心切下雪茄头，划火柴点燃，深深吸一口，慢慢吐出，古巴优质雪茄厚重浓烈的烟气让我感觉到舒适的眩晕，但很快负罪感涌上心头，三十美元一支的雪茄？这不是我应当享受的。这样美妙的东西应当永远保存在我简陋的保湿盒里，像漂亮的川崎摩托车一样时时瞻仰。

说起来，我的摩托车在回家的路上开始工作不良，发动机发出虚弱的咳嗽声，我想是化油器老化导致雾化效果下降，老伙计毕竟年纪不小了。今夜应该用更隐秘、更安全的方法到达伊甸道，我开动脑筋，无意识地拨动遥控器切换频道。电视如同网络一样无聊，今天凌晨聚会讨论的话题没有任何一个出现在电视节目里，更别说那些天马行空的批评和议论。我焦躁不安地吸完整支雪茄（直到烟头烫手），到卧室衣橱里翻出一件学生时代的深蓝色连帽衫，套在身上，戴上兜帽，走到穿衣镜前。

皱巴巴的蓝色连帽衫上印着史蒂夫·乔布斯——一个当代年轻人可能根本不知道的过时名字——的黑白画像，衣服显得很合身，我的体重自从大学时代后就没有增加过，兜帽里浮着一张苍白的、两腮瘦削眼袋浮肿的中年男人的脸，男人试图挤出一个微笑，配着大大的酒糟鼻，显得有些滑稽。

所以我才如此想念“手指聊天聚会”。在一片漆黑里，谁也不用看见不讨人喜欢的脸庞，有的只是手指的触感和书写思想。

我想着，掀开兜帽，把头发仔细地向右边梳，怎样也掩不住半秃的天灵盖。

天色终于暗下来，我把奶酪放在饼干上叠成高高的一摞，压紧后送入烤箱，又开了一瓶啤酒，当作简易晚餐。奶酪在胃里燃烧，我怎么也压抑不住内心的悸动，穿着连帽衫在起居室里走来走去，这时电视新闻播出一个穷极无聊的家伙举着硕大的标语牌在市政府门前抗议，现场围观者很多，但似乎没人参与到他发起的示威中来。我想我在人群中看到一两个穿着黑色连帽衫的身影。是他们吗？我丢下遥控器，扣上兜帽，决定出去看看。

地铁里人不太多，有些人佯装盯着屏幕上的广告，偷偷打量我和我连帽衫上的史蒂夫·乔布斯。“那老头衣服上印着的是谁？”“我想是个宗教领袖……”两个十五六岁、留着时兴的蘑菇头发型的年轻人低声谈论着。你们说对了一点，无知的小子。我把兜帽压低一点。在我们那个时代，乔布斯就是领袖，直到移动互联网变得恶俗无聊、人们丢掉复杂的智能手机回归基础通话功能的大变革到来。

半个小时后，我来到市政广场，明亮灯光下的草坪上站着那个举着标语牌的人，牌子大得吓人，用红红绿绿的颜料涂写着几行字迹，我看不太清。我的视力也在衰退，这应该和幻听一样，是饮酒过度的后遗症。母亲在电话里说起，我的父亲现在瞎得像只鼹鼠。我想象不出那个大胡子、红脸膛、拥有强壮手臂和结实大肚腩的粗鲁汉子如今是什么模样，也没有兴趣知道。

一群人远远站着围观，几个警察靠在警车上嚼着口香糖，滑板少年在台阶上玩花样，电视采访车前记者与扛着摄像机的家伙聊着天，示威者显得有些孤独。我走近些，眯起眼睛看标语牌，上面的红字是：壁炉燃烧木材是造成温室效应的元凶。下面的绿字是：拆毁一个老式壁炉，延长地球一天寿命。

我皱起眉头。宪法修正案就是为这些无聊的话题准备的吗？“手指聊天聚会”中那些犀利的观点都到哪里去了呢？我走近围观的人群，试图找出穿黑色连帽衫的人的踪迹，但这时警察走上前来以草坪维护为由请示威者离开，人群也随之散去，我没能在其中找到熟悉的影子。几个警察用狐疑的目光上下打量我，其中一个举起手指指我衣服上的头像，另一个恍然大悟，并大笑了起来。我立刻转身离开。

不由自主地，我乘坐地铁向城东出发，在环线最东端的地铁站下车，拦了一辆出租车并告诉司机：“伊甸道 289 号。”

“伊甸道？”司机嘟哝着，“希望小费够多。”

车子拐入小路，街区越来越破旧，路灯也变得稀少，随着出租车停在黑暗的伊甸道中央，我的紧张和希冀一起水涨船高。“考虑搬家吗，老兄？我知道几个不错的旅馆。”司机接过车费，替我打开车门。

“不必了，我喜欢安静。”我下车，关上车门，挥挥手。出租车的尾灯亮起，接着迅速变小，消失在深远的夜里。现在是晚上九点，伊甸道依然寂静得像一座坟墓，我走近碎掉一扇玻璃门的 289 号大门，想了想，推门而入。

我知道我来得太早了，可些许等待会让这次的聚会更加有趣。同凌晨一样，我的心脏怦怦跳着，不同的是兴奋代替了恐惧。在摇晃的白炽灯的照明下，我找到楼梯背后的小门，拧开黄铜门把手，拥有狭窄而深邃的四十级台阶的楼梯出现在眼前。我没有手机，当然也没有手电，我整理一下兜帽，闭上眼睛，走入渐渐黑暗的地下室。一、二、三、四、五……三十九、四十。面前出现一堵墙，楼梯在此转弯，我摸索着，伸出右脚试探，找到向下的台阶，一、二、三……三十九、四十。双脚落在平坦的地面，前面应该是挂着铜质s字母的绿色木门，我满怀希望，伸出双手。

手指摸到的，是冰冷的水泥。

记忆出现偏差了吗？我尽量回忆凌晨的经历，楼梯的尽头有一扇门，仅有一扇门。不会错，我清楚记得黄铜s字母的光泽。我移动脚步，左右试探，两边都是混凝土墙壁，正前方原本应该是门的地方，也是一堵粗糙的墙壁，楼梯的尽头，竟然是一个死巷。

我感觉血液涌上头部，耳朵开始发热，头痛再次袭来。冷静，要冷静，我对自己说，深呼吸，做个深呼吸。我摘掉兜帽，长长地吸一口气，地下阴冷且潮湿的空气涌进我的肺，让我过热的大脑稍微冷却。

平静了几分钟，我再次试着寻找那扇消失的门。没有任何痕迹表明这里曾经出现过一扇门，坑洼不平的墙壁刺痛我的指尖。我颓然坐下。

“你的朋友们去哪了？”父亲的脸出现在黑暗中，带着漫不经心的放肆的嘲笑。“住嘴！”我叫道，把脑袋埋进臂弯，堵住自己的耳朵。“我说过了，别惹麻烦。”父亲抹去嘴角的酒迹，呼出臭烘烘的灼热气息，他揽着姐姐的肩膀，姐姐明亮的蓝眼睛中蓄着透明的眼泪。母亲在一旁哭泣。“住嘴！”我尖叫道。“你已经十八岁了，现在滚出我的房子，找份工作，或者去上你那该死的大学，我没有责任再与你分享我的牛肉浓汤了。”父亲咆哮着，将衣箱扔在我脚边。姐姐躲进厨房里望着我流泪，母亲端着锅。“住嘴！”我歇斯底里地尖叫着。

不知过了多久。黑暗中，你没办法准确计算时间。我或许做了一个噩梦，也可能根本没睡着。我扶着墙壁，慢慢站起来，每一个关节都在因长时间蜷曲而呻吟。现在我想做的，只有回到我小小的公寓，喝一大杯不加冰的威士忌，倒在沙发上，打开电视，把我凌晨荒唐的梦境完全忘掉，把手心残留的触感完全忘掉，把“手指聊天聚会”这个荒诞不经的名字完全忘掉。

我迈出左腿，脚尖踢到什么东西，那东西滚动两下，亮了起来。白色光斑照亮狭窄的空间。——那是我凌晨丢在门前的手机，我独一无二的、被当今时代唾弃的老式智能手机。

那不是梦。我立刻找回了全身力量，拾起手机。电量马上就要耗尽，但足够让我仔细检查凭空出现的墙壁。没错，这堵墙是崭新的、由快干水泥临时砌成的，在墙壁下方接缝处我发现了被掩埋一多半的木质门槛。门还在，只是被试图隐藏秘密的人保护了起来。我敲敲墙壁，水泥的厚度在我破坏的能力范围之外。穿黑色连帽衫的人不是我的幻觉，他们只是换了聚会的地点，忘了通知我而已。我自我安慰道。

我在那里等到凌晨两点，没有人出现。我走上地面，步行到两公里外的地铁站，在那里搭乘一辆出租车回到公寓。我一步一步走上嘎吱作响的楼梯，心情乱糟糟的，但周三上午还要工作，打开公寓门之后，我想的是赶快喝杯酒冲个澡，然后好好睡一觉。

我愣在门口。我的沙发上，坐着一个穿黑色连帽衫的人。

8

我拿起电子印章，给屏幕上那份六个孩子的新移民家庭提交的特殊贫困津贴申请书盖章，电子印章指示灯由绿色变为红色，代表今天的通过名额用光了。我靠在椅背上，活动一下手腕。距离下班还有一个半小时，与我共享小隔间的漂亮金发女人站起来邀请大家参加她的生日聚会。“如果你有时间的话……也欢迎你。”她有些迟疑地对我发出邀请——我知道这样的邀请已经是礼貌的极限。“对不起，我第二天有个重要约会。祝你生日快乐！”我回答道。她显然松了一口气，拍拍胸脯：“谢谢。真遗憾。祝约会愉快哦。”

对她这样年龄的女孩来说，我是长辈，我很明白一个不合时宜的长辈能给聚会带来多大的灾难。但约会并不是借口，我的右掌心犹能清楚感觉到她的留言："明早六点市政广场。"

我不知道她用什么方法找到我、怎样进入我的公寓，也不知道她等了多久。在短暂的震惊过后，我走过去，拉起她的手。脱衣舞俱乐部的霓虹灯在窗外闪耀，给她的黑色连帽衫镀上五彩光芒，我仍然看不清兜帽下的脸庞。"对不起，聚会地点更改了。没来得及通知你。"她写道。

"我给你们带来麻烦了吗？"

"不，情况很复杂。刚才的'手指聊天聚会'只有核心成员参加。我们内部发生了一些争执。"她写完这句话，手指点了几个代表犹豫的省略号。

"关于什么？"

"关于要不要做一件蠢事。"她在"蠢事"两字下面画了条波浪线。

"我不明白。"

"如果你愿意听的话，我可以把'手指聊天聚会'的由来、组织形式、派系斗争和最终目标讲给你听。"她写了个很长的句子。

"我不愿意听。"我回答，"我不愿意把有趣的聊天聚会变成政治。"

"你不懂。"她画出代表叹气的大于号。我发现她就连最简单的情绪表达都通过书写来完成。"你一定发觉，网络、电视、纸质出版物在这些年来失去了思想的光芒。"

“是的！”我有些兴奋，“不知道为什么，可以引发争论的话题都消失了，剩下的都是些无聊的东西。我不止一次在讨论组里发表敏感问题，但没有任何人参与讨论。瞧，他们似乎更关心生鱼片和蚯蚓。很多年前我就发现了，那时没有人相信，医生让我吃那些该死的小药丸使这种幻觉消失。但我知道这不是幻觉！”

“不只这样，你与朋友聊天的内容、在街上看到的景象，也像媒体和网络一样变得越来越平淡。”

“你怎么知道？”我几乎站了起来。

“这是一个阴谋。”她写得很用力，导致我的掌心感觉疼痛。

“阴谋？像人类登陆月球那样的阴谋？”

“像水门事件那样的阴谋。”她缭乱地写道，辨识起来有些费劲。

“我想我需要好好上一课。”

“那从政治开始。”

“先等一下……下一次聚会何时举行？我可以参加吗？”

“这就是争执发生的地方。行动派认为，我们下次聚会应该在公共场所举行，比如市政广场。我们不应该再躲躲藏藏，而要强硬地表达自己的态度。”

“我猜……警察不太喜欢你们。”我又想起初见她的那天，气喘吁吁追逐他们的两名警察。

“整个组织他们掌握不了，只是部分成员有案底而已，特别是行动派。”她坦然回答。

“你有案底？”我好奇地问。

“说来话长。”她显然不愿多谈。

“……你叫什么名字？”我鼓足勇气，终于问出这个问题。

她的手指停止移动。我努力端详她兜帽下的脸，但连帽衫完全遮蔽了她的面貌，甚至性别特征。我忽然想到，关于“Ta是女人”的猜测完全基于纤细的手指，Ta也可能是个年轻的男孩子——尽管我内心完全抗拒接受这一点。我希望她是姐姐那样的女人——亚麻色头发、声音轻柔、有点调皮、鼻子上长着几个小小的雀斑——我漫长的单身生涯一直在寻找的那种女人。

“你会知道的。”她想了想，避开这个话题。

“其实我更好奇的是……”我正感受左手食指与她右掌心的细腻触感，窗外忽然有警笛声响起，尖厉的啸叫由远而近。她警惕地坐直身子，拉低兜帽，快速写道：“我要走了。如果愿意的话，明早六点市政广场。记住：这是你自己的选择，你有机会改变世界，更可能后悔终生，无论怎样，别因此责备别人——特别是我——因为你自己做出选择。顺便说一句，我觉得光头的男人比较性感。”

她用瘦弱而有力的手指捏捏我的右手，离开沙发，从起居室的窗户翻了出去，我追过去向下看，她已经从防火梯灵巧地爬下去，消失在街角。我抚摸着自己半秃的头顶，有点迷茫。

9

我三十七岁那年因为种种原因患上深深的抑郁，房东太太说服我去见心理医生，并威胁我说如果我不接受一个疗程的心理咨询，就要把我踢出公寓楼。我明白她是怕我在起居室里服毒自杀，也深深感念她的好意。心理医生是个留着弗洛伊德式大胡子的瑞典人。“不，我不是心理医生。”见面聊了几句之后他说，“我是精神病医生。这也不是心理咨询，是心理治疗。你需要服药，先生。这些小药丸可以让你不总梦到姐姐的坟墓。”

“我不害怕小药丸，医生。”我回答，“只要医疗保险能够支付。我也不怕梦见亲爱的姐姐，就算她一次又一次从坟墓中爬出来。我害怕的是身边正在发生的一切。你感觉到了吗，医生？嘀嗒嘀嗒，像秒针一样，这儿，那儿，永不停止。”

医生饶有兴致地俯身过来：“讲讲你所说的变化。”

“有种东西在死去。”我左右望望，低声说，“你嗅不到腐烂的味道吗？电视节目里的评论员、报纸专栏作家、网络聊天组，自由的精神正在死去。像暴露在DDT中的蚊虫一样大规模死去。”

“我看到的，是社会与民主的进步。你有没有想过某种阴谋论的精神症状使你怀疑一切，包括和谐的文化氛围？”医生向后靠，交叉手指。

“你也曾经年轻过，医生。那个敢于怀疑一切的时代，”我焦急地提高音量，“在那个我们不知道会成为什么人，但明白自己不愿成为什么人的时代，在那个充满斗争又充满英雄的时代。”

“当然我怀念年轻的时候，先生。谁都会怀念自己年轻的时候。不过既然我们已经是成年人，就要承担家庭责任和社会责任乃至人类文明和物种延续的天然职责。我的建议是回去定时服用这些小药丸，把你不切实际的幻想都丢掉，找一份轻松的工作，周末时钓钓鱼，每年出去旅游一趟，在合适的时候找个女孩成立一个家庭然后生个孩子。”医生戴上眼镜，翻开记事本，用暂停的手势打断我即将脱口而出的争辩，“现在，让我们谈谈你父亲和姐姐的问题吧，童年创伤对那些小药丸的组成很重要。好吗？”

治疗很有效。我渐渐习惯平淡的电视节目与网络讨论组，习惯社会的平静、单纯、美好与平庸，习惯父亲的影子偶尔出现在面前，尽量不与往事争辩。而现在，一个穿黑色连帽衫的家伙忽然闯进我一成不变的单身汉生活，丢给我一个选择，一个我完全无法理解其中意义的选择。我能够理解的，是手指聊天带给我许久未有的真实感，让我感觉八年前逐渐死掉的那些东西像春季的昆虫在地下悄悄破茧重生。“明早六点市政广场”代表什么，我想不明白，在面临选择的时候我通常掷硬币，硬币在空中飞舞的时候答案会自己出现：你期望哪一面先落地。这次我没有掏出硬币，因为下班后走出社会保障局大楼，潜意识驱使我走向地铁站的反方向，推开一扇旋转灯柱旁的玻璃门，对站在镜子前面的肥胖男人说：“嗨。”

“嗨，好久不见。”胖男人挥挥手，“老样子？”

“不。”我微笑，“帮我剃个光头。性感的那种。”

10

凌晨三点四十分，我从梦中惊醒，再也睡不着。我泡了个热水澡，换上印着史蒂夫·乔布斯画像的连帽衫和卡其布长裤，穿上慢跑鞋，戴上耳机，听金属乐队的老音乐。五点整我给Roy留言，喝了一杯咖啡，走出公寓。太阳还未升起，清晨的风吹过新剃的头皮，让我滚烫的大脑凉爽起来。我搭上第一班地铁，满不在乎稀疏乘客投来的诧异的目光。五点四十分，我来到市政广场，站在草坪中央，路灯明亮，晨雾升起。

五点五十分，街灯熄灭，第一线天光照亮青蓝色的薄雾，人影在薄雾中逐渐聚集。一个穿黑色连帽衫的人握住我的右手，我牵起左侧陌生人的手臂，“早安”在掌心传递。越来越多的人出现在市政广场前，沉默地组成不断扩大的圆环。

六点十分，由超过一百人组成的环稳定了，“手指聊天聚会”的参与者开始高速传输信息，我闭上眼睛，一滴露水从兜帽檐滴下。右边是一个年老的绅士，他松弛的皮肤与精练的造句告诉我这一点；左边是一位保养得当的女士，她手掌丰润，戴着大大的钻戒。话题出现。“相比现在那些娘娘腔乐队，哪些乐队的名字是我们应该永远记住的？”

“金属乐队、U2，当然还有滚石。”我立刻加入自己的意见。

“地下丝绒。”

“绿日。皇后。涅槃。”

“Nofx。”

“暴力反抗机器说唱金属乐队。”

“Anti-Flag。”

“Joy Division。”

“碰撞乐队。”

“小红莓，当然。”

“大举进攻队。”

“等等……跳舞音乐也算吗？那要加上小野猫。”

我会心微笑。第二、三个话题出现。我怀念这种自由自在讨论的感觉，即使以游戏式的数据交换方式。第四、五个话题出现。指尖与掌心繁忙工作，在减少误码率的基础上尽量使用缩略词，我感觉手指聊天技巧逐渐纯熟。第六、七个话题出现，这几乎是“手指聊天聚会”带宽的极限。话题附加的评论会逐渐增多，直到所有感兴趣的人发言完毕，发起话题的人有权利和义务在合适的时刻停止该话题的传输，为新主题腾出空间。第一、三个话题消失了，第二个话题——关于宪法修正案的评论仍在持续增加。其他话题发起者不约而同地选择终止传输。环网中只剩第二个话题，参与者们默契地停止发送话题本身，仅仅传递评论以节省带宽。但这时的聊天组是低效率运行的，因为环网中传输的只有一个数据包，有人意识到这一点，在空闲时发起新话题。新话题让网络再次繁忙，但数据很快在某一个节点拥堵起来。

遥远大学时代的记忆忽然被唤醒。“介绍一种已经消亡的网络拓扑结构，由IBM在二十世纪七十年代发明的令牌环网。”网络课程导师在讲台上说。“手指聊天聚会”原来是一种以自觉为基础的、不太科学的令牌环网。我手忙脚乱地传送完第二个话题的庞大数据包，有点闲暇地想着改进方案。

一条很短的信息出现了。这是不科学的，我想。然而信息让我张大嘴巴。“我的名字叫黛西——致性感的光头。”

我能感觉5-羟色胺在上千亿个脑神经元中产生，腺苷三磷酸让我的心脏剧烈跳动，身体内部的小人儿在欢呼雀跃。我截停了这条信息，发送一条新的出去：“你好，黛西。”

由于庞大的第二个话题数据包，网络的运行变得迟缓，我等了十分钟才收到上游传回的数据，显然有人把第二个话题评论精简了，压缩数据包的最后，附加着我的话题“你好，黛西”以及众多评论。

“我们爱你黛西。”“我们的雏菊。”“小美人。”……“你好，光头叔叔。”

光头叔叔是我。我想到出门前穿衣镜里的人像，瘦削的身体、下垂的两腮、红鼻子和滑稽的光头，过时的连帽衫，像个小丑。我微笑了。

我正在撰写评论时，网络忽然传来微微动荡，我不由得睁开眼睛。太阳早已升起，薄雾消失得无影无踪，市政广场草坪的每一片草叶上都挂着晶莹的露珠。手拉手的“手指聊天聚会”成员围成不规则的圆环，像一堵沉默的墙，许多人在远远围观，晨跑的健身者、途经的上班族、记者与警察。他们显然有些迷茫，因为我们没有标语、口号，没有任何表示我们在抗议示威的知觉特征。

一辆警车停在广场边缘，排气筒冒着白烟，车门打开，走出几名警察。我认出打头的那一个，曾经登门造访的小个子警察，依然带着懒洋洋的表情、迈着松垮的步伐。他摸摸整齐的小胡子左右打量着我们这群人，然后径直走到我面前。“先生，早上好。”他摘下大檐帽按在胸前。

我盯着他，没有答话。

“对不起，你们被捕了。”他毫无生气地说道。四辆黑色的、庞大的厢式警车无声无息地出现在市政广场，全副武装的防暴警察涌出，举着警棍和盾牌逼近。围观人群没有任何动静。没有人惊呼呐喊，没有人移动脚步，甚至没有人把目光投向步伐整齐的防暴警察。

我能从旁边人手心的汗液感觉到紧张的情绪。第二个话题数据包消失了。一条极其简短的信息以交换方式能够支持的最快速度在环网中传送。

“自由。”许多手指在许多掌心快速、坚定地写下。

“自由。”所有人睁开眼睛，闭紧嘴巴。

“自由。”我们用无声的最大音量呐喊。

“黛西，我爱你。”我传出最后一条信息，然后被防暴警察野蛮地扑倒在地。网络分崩离析，我不知道信息能否传到黛西那里。她处在网络的什么位置？我不知道。今后能不能再见到她？我不知道。实际上，我从未真正见过她，但我感觉，我比世上任何一个人更了解她。

“别惹麻烦！”父亲高高在上地俯视着我变形的脸。防暴警察试图将我的脸与草坪结为一体。

“去你的。”我吐出一口草腥味的口水。

11

我有十分钟的电话时间，我不想浪费，可除了瘦子和Roy之外，我想不到还能打给谁。瘦子声音怪异地讲着牙买加的阿拉瓦语，Roy没有接电话。我放下听筒，发着呆。

“嗨，老爹，你在浪费所剩无几的生命。”后面排队的人不耐烦地开口。

我无意识地拨了熟悉的号码。与往常一样，铃响三声之后，电话接通了：“你好。”

“你好吗？妈妈。”我说。

“我很好！你呢？头痛还出现吗？”听筒里传来拖动椅子的声音，对面的人坐下了。

“最近好多了。……他呢？”我说。

“你从不主动问起他。”母亲的声音有些诧异。

“唔。我想……”

“上个月他去世了。”母亲平静地说。

“哦，是吗？”

“是的。”

“那么有人照顾你吗？”

“你的姨妈陪着我，放心。”

“他的坟地……”

“在教区。距离你姐姐很远。”

“那我就放心了。那么……周末快乐，妈妈。”

“当然。也祝你愉快。再见。”

“再见。”

听筒传来忙音。我揉搓着右手的丑陋色斑，试图把那些画面从眼前抹去，酒气熏天的父亲、哭泣的姐姐、无动于衷的母亲，大学时代回家看到的画面，如今因生命的流逝显得不再那么沉重。“老爹，时间宝贵啊，嘀嗒嘀嗒。”排队的人指指手腕，模仿秒针走动。我挂好听筒，转身离开。

午餐时我与一个红头发的家伙坐在一起，他的脸上刺着男人的名字，胳膊上花花绿绿的文身，像穿着件夏威夷衫。“这家伙是个同性恋！别靠近他。别让他摸你的手。”与我同一个房间的墨西哥人曾经告诫我。我端着餐盘，挪开一些位置。

红头发嬉皮笑脸地凑了过来：“要分享我的羊奶布丁吗？我

不是什么乳糖爱好者。”

“谢谢，不必了。”我表现得尽量礼貌。

红头发伸手过来，我触电似的缩回手臂，但还是被他捉住了。他把我的右手紧紧握在掌心，指尖轻轻地挠，让我感觉毛骨悚然的不适。

“我想我不太适应这种关系，我说……”我尽量挣扎。旁边的人肆无忌惮笑了起来，鼓劲似的敲打餐桌。熟悉的感觉传来。那是手指聊天的信息，一样的缩写方式，快速而准确。“如果你懂的话，反馈我。”

我冷静下来，深深地看了红头发一眼。他还是一副令人反感的表情。我手指反勾，告诉他：“收到。”

“天哪！”他表情不变，却写下代表强烈感情的感叹词。“终于又找到一个了。现在听我说，午餐后去阅读室，东边靠墙鸟不生蛋的哲学区域，第二个书架底层，在黑格尔与诺瓦利斯之间有一本 2009 年版的《哲学史大观》，拿去看。如果不明白阅读方法，第 149 页到 150 页有简单说明。稍后我会再跟你联系，为安全起见……我建议你做好变成同性恋的准备。现在，打我。”

“什么？”我没反应过来。

红头发带着恶心的笑容伸手去摸我的屁股，我挥起拳头，砸在他的鼻梁上。“噢！”围观者愉快地哄然大笑。狱警向这边看来，红头发从地上爬起来，捂着流血的鼻子，骂骂咧咧地端起餐盘离开了。“我说什么来着？”同屋的墨西哥人端着盘子出现，竖起大拇指，“不过你是个有种的老家伙。”

我没理他，尽快把食物塞进口中。午饭后，我独自来到阅读室，在哲学书架底层、黑格尔与诺瓦利斯之间找到那本精装的2009年版《哲学史大观》，交给图书管理员登记，带回房间。墨西哥人还没有回来，我躺在上铺，翻开厚重的封皮。这是一本空洞的哲学书，从密密麻麻的条目和引文名单就看得出来。我翻到149页。这页纸被人调换了，令人头痛的哲学名词中间，出现一张分明从其他书中撕下的泛黄纸页，正面是毫无意义的关节保健知识，背面是大段头部按摩方法和配图，末尾一段，用三百字篇幅简单介绍了一种盲文的读写方法，据称这是一种误码率很低、效率极高的新型盲文，但由于各种视觉与非视觉新技术手段给盲人带来的便利，盲文渐渐式微，新型盲文夭折在正式应用之前。

哦，当然，盲文。我合上精装书，闭上眼睛。封面、封底只有烫金大字。在封面内页，我找到以一定方式排列的密集小圆点，如果不用心感觉，就像封装质量不佳带来的页面坑洼不平。我对照说明，慢慢地解读盲文信息。由于压缩率比较高，我几乎用了两个小时才明白封面内页携带的文本信息。

"'手指聊天聚会'欢迎你，朋友。"不知名的撰写者在盲文中问候，"你一定察觉了那些变化，但你不明白，你迷茫、愤怒，甚至成为别人眼中的疯子。你也许屈服于现实，也许一直在寻找真相。你有权利得知真相。"

我点点头。

"这是一项庞大的计划。国会秘密通过第33条宪法修正案，成立联邦信息安全委员会，对可能危害国家安全和社会稳定的信息进行过滤和替换，在漫长的尝试后一个高效率的系统逐渐形成，这个系统叫作‘以太’。最初，‘以太’是工作在互联网上、对互联网设备和移动互联网设备进行监控的自动化体系，它对一切被认定为存在潜在威胁的文字、视频、音频进行数据欺骗。简单举例，语义分析接口认定一个讨论组中的有害主题，‘以太’对接入该讨论组所在服务器的所有相关会话发送欺骗信息，除发表者之外其他人看到的都是经过调换的讨论话题，同时，信息发送者被数据库记录。假如你发表名为‘参议员的午餐’的话题，被判定为有害信息，运行于巨型计算机上的、因法律体系而凌驾于所有网络防火墙之上的‘以太’在其他程序会话接入之前控制所有端口，将数据包中的相关字节替换，于是在别人眼里，你发表的话题变成无趣的‘KFC超值午餐’。以这种方式，联邦政府秘密地彻底控制了网络，可悲的是，绝大多数人并不知情。他们只是悲观地认为，革命精神在互联网上逐渐消失——这也是联邦政府最愿意看到的情形。”

我感觉后背发凉。这时墨西哥人走了进来，把脏毛巾丢在我的肚皮上：“老家伙，你应该偶尔参加一点集体活动。”

“闭嘴！”我用尽全身力气叫嚷，墨西哥人愣了。他的表情由惊诧、愤怒逐渐变为恐惧，他挪开视线，不敢看我充血的眼睛。我的手指颤抖着在《哲学史大观》扉页上移动。

“随着‘以太’的成功，联邦政府对广播、电视和纸质出版物的控制是顺理成章的结局，对部分不肯配合信息安全法案的媒体人士，则采用与‘以太’同源的信息欺骗技术加以隔离。纳米微电子技术被用于信息欺骗，很快，掌权者意识到纳米机械在肉眼可见光范围内信息替换的潜力，第 33 条宪法修正案颁布后的第七年，他们决定向空气中散播纳米微机械。这种微型设备悬浮在空气中，利用土壤和建筑材料中的硅进行自我复制，直至达到预定浓度，它们仅具有简单的机械结构，浓度达到规定程度后进入工作状态；它们会自动侦测具有潜在威胁的文字（可见光信号）和声音（声波信号），将之替换为无害信息，并将发布者记录在案。它们附着在印刷文本和标语牌表面，通过光偏振向除发布者之外的观察者发布欺骗光学信号；它们改变声波扩散形态，向除发布者之外的倾听者发布欺骗声学信号，当然，发布者本身因为骨骼的传导作用，听到的还是自己原本说的话。飘浮在空气中的‘小恶魔’（纳米微机械）使‘以太’无所不能、无所不在，如同哲学家所说的人类无法察觉却充满一切空间的神秘物质——‘以太’本身。”

“我看到的，是社会与民主的进步。”我想到心理医生的话，握紧拳头，牙齿咯咯作响。

“这就是我们生活的时代，我的朋友。一切都是谎言。网络讨论组是谎言。电视节目是谎言。坐在你对面说话的人，说着谎言。高举的标语牌，刻着谎言。你的生活被谎言包围。这是享乐主义者的美好时代，没有争执、没有战斗、没有丑闻，当阴谋论者被关入精神病院，最后的革命者在孤独的电脑屏幕前郁郁而终，等待我们的是脆弱而完美的明天、彬彬有礼的悬崖舞者、建在流沙上的华美城堡。”

“我是谁？我是无名小卒，参与编织‘以太’黑幕的罪人。我并不重要，重要的是你察觉到这一切变化、有权利得知真相。现在真相就在你手中，由你选择接下来的道路。手指是我们最珍贵的礼物，因为在可预见的二十年之内，纳米机械没有欺骗人类精密触觉的可能。若你下定决心的话，随时可以通过你的介绍人加入‘手指聊天聚会’，加入‘以太’无所不在监视下唯一的、最后的反抗组织，加入虚假世界内的仅有的真实。”

“‘手指聊天聚会’欢迎你，朋友。”

我合上厚重的封皮，一幕幕画面在脑海中串联起来。我看到了真相，却产生更多的疑问。这一切疑问，只有写下这些文字的人能够给予解答。我用手掌抚摸长出短短灰色发茬的头皮，知道自己早已做出选择。

晚餐时，我见到红头发，径直走过去拉起他的手。餐厅里一片哗然，我们成为被人嘲笑的对象，但我视而不见，在他的手心写道：“我加入。”

他露出一个内容丰富的笑容。“欢迎你！第一次聚会在两天后集体劳动时举行，木器厂东北侧。内部刊物在哲学第二书架的底层，《尼采文集》的扉页，每周更新。对了，女监区亚麻色头发、长着雀斑的小妞让我传达‘对性感光头大叔的问候’。我想，我没找错人。”

我张大了嘴巴。

那一刻，我想了很多。我没有怎样想使用幼稚的交流方式给世界带来变化，而是想着父亲留给我的一切。我以为父亲的棍棒与责骂让我不懂得怎样去爱，但我发现，爱是人类无法割除的灵魂片段，而不只是荷尔蒙的颤抖；我如此憎恨我的父亲，以至于年复一年抗拒着有关他的所有回忆，但我发现，被父亲责打的孩子未必不能养成健全的人格，起码疼痛是真实的，我更憎恨（即使是善意的）欺骗。

我需要做的是像二十三年前一样，大声对那个用尽一切办法控制我人生的家伙喊出："去你的！"

她给予我勇气，有着亚麻色头发、长着雀斑的她。我握紧红头发的手，仿佛透过他的皮肤，感觉到她的体温。我们的手心里，写着爱与自由。滚烫的爱与自由。烧破皮肤、镌刻在骨骼的爱与自由。

"我爱你，黛西——不是对你说，请别会错意。"众目睽睽下，我在红头发的手心写下。

"当然。"红头发早有准备地以一个熟悉的、调皮的笑脸回答。

张冉

太阳坠落之时

引子

他们在太空中俯视地球。这不是最适合观察的距离，肉眼看不清 35800 公里之外地球的细节，可那嵌在观察窗中央的蔚蓝星球仍旧牢牢吸引着他们的视线。无论从怎样的角度观察，它都美得令人忘记呼吸，仿若一颗闪烁着光芒、具有魔力的蓝水晶。

有人打破了无线电静默："我忽然想起一首歌。"

第二个人立刻回应："我也是。*Boom De Yada*，对不对？"

"啊，这首歌在电视上播放的时候我刚满 5 岁，就是它让我爱上太空的。"第三个人说。

第一个人提议："记得歌词吗？那我们从头开始。"

"附议。"

"好的。"

清了清嗓子，一个略显低沉的男声开口："It never gets old, huh?"

"Nope."另一个声音回答。

"It kinda makes you wanna ... break into song?"

"Yep!"

清亮的女声唱了起来：

I love the mountains,

I love the clear blue skies,

I love big bridges,

I love when great whites fly,

I love the whole world,

And all its sights and sounds.

……

三个声音合唱：

Boom de yada! boom de yada!

Boom de yada! boom de yada!

这段副歌重复了许多遍，直到他们笑得喘不过气来为止。

（注：歌曲名*Boom De Yada*，也名*I Love the World*，2008年Discovery频道宣传片主题歌）

距离第一次发射：2小时45分30秒

美国新墨西哥州奥特罗县

阿拉莫戈多市西南方96公里　沙漠

一只暗黄色的沙漠角蜥从沙土中探出头来，用布满棘刺的皮肤感知初升太阳的温度。它要尽快提升自己的体温，开始一天之中最重要的捕猎行动。用不了多久，阳光就会把整片沙漠烤热，在体温过热之前它必须完成狩猎并回到这棵 1.5 米高的牧豆树树荫下，用凉爽的沙子把自己掩埋起来。

它缓缓舒展四肢，钻过一蓬茂密的丝兰，向沙丘移动。沙丘的背面生长着一片梭梭树与红柳林，树丛中有一窝蚂蚁，一窝美味的墨西哥蜜蚁。沙漠角蜥花了 20 分钟攀上沙丘，站在一块岩石上稍做休息，太阳已经升得相当高，沙漠开始蒸发出潮湿的热气，它的体温达到了最佳状态，随时准备进行捕猎，同时应付任何可能的危险。

角蜥张开下颌，用腮囊中的水滋润口腔，同时转动眼球观察四周。它的右侧视野中有一片银亮的色斑，在灰黄色沙漠背景中显得颇不协调，但它并没有浪费时间调节晶状体焦距，静止物体对它的警戒毫无帮助。几秒钟后，它跃下石块向沙丘背面快速前进，转瞬间消失在那片红柳林中。

矗立在沙漠中的是一片低矮而庞大的建筑群，3 米高的钢结构围墙覆盖着反射板，以建筑群中央的黑色基准点为圆心，10 万块反射镜、光伏板、温差超导电池板组成复杂的几何形状，占地 1.5 公顷的设备整体安装在相位结构模块上，悬浮在地底的导电聚合物池中，可以通过聚合物的液化与结晶度随时调整相位角度。最初的设计图并没有可移动结构，但随着工程的推进，这个基地变得越来越精密复杂，早已超出了建设者们最初的构想。

建筑物的大门口没有显著标识，只挂着两个钢制铭牌，上面分别刻着：

“特里尼蒂（注：TRINITY，意为“三个，三合一”）发射场遗址。1945 年 7 月 16 日，世界上第一颗原子弹在此爆炸，人类大规模利用原子能的时代就此开始。”

“特里尼蒂 α 地面站，2055 年 4 月 26 日启用，人类即将迈向一个崭新的时代，试验日期： ”日期后面没有刻字，而是用黑色记号笔潦草地写着：“今天”。

距离第一次发射：2 小时 42 分 25 秒

俄罗斯莫斯科市郊外 “星城”太空基地

夜色中飘着雪花，两辆黑色涂装的乌拉尔装甲运兵车悄无声息地出现在夜幕中，门卫看了一眼车辆的牌照，马上立正敬礼，开启俄罗斯联邦宇航局第一设计所宿舍区的大门。车子停在 9 号楼门口，将两栋宿舍楼之间的通道堵死，身穿黑色作战服的士兵跃出车厢，军靴踩乱雪地上的车辙。

两个在楼下闲聊的男人显然吓了一跳，他们在装甲运兵车雪亮的灯光中浑身僵直，用手遮挡眼睛，大声喊：“你们是谁？你们要做什么？”

冰凉的枪管触碰喉结，男人们的怒吼被扼杀在喉咙里面，手持AK-109M突击步枪的士兵低声说："闭嘴，转身跪下！"这并非命令或请求，而是一种预告，几秒钟后两个男人被推倒在路边，双手被一次性手铐锁紧，脸朝下栽进白雪覆盖的冬青丛中。

喊叫声和灯光引起了住户的注意，许多人推开窗户向下看，9号楼与10号楼是联邦宇航局高级科研人员的宿舍楼，科学家们对噪声十分敏感。指挥官走下运兵车，确认战术终端中的行动等级：几分钟前，这次行动的自由度提升到A。他举起右拳，简略地打了几个手势，两名士兵转动榴弹发射器的弹药选择盘，瞄准天空，"砰……轰！轰！"两枚广域震撼弹在50米高度爆炸，强烈的声与光将两栋楼宇间的缝隙填满，上百扇窗户同时出现裂纹，人们在窗前痛苦地栽倒，抱头蜷缩着身体。雷鸣声在整个"星城"太空基地回荡，无数鸟儿振翅飞向夜空。

没有等待技术兵上前，指挥官用卡拉什尼科夫步枪的三发点射代替钥匙，打开了宿舍楼的大门。一队士兵冲入大楼，向三层的目标包抄前进，他们身上的自适应迷彩服迅速改变颜色，光学纤维管编织的衣物表面转变为墙壁般的浅灰。30秒后，士兵来到3007B房间门外，将爆破切割索贴在门框上，一串"噼啪"轻响声中，屋门向外倾倒，激光指示器的红点立刻覆盖了屋子的每一个角落。

睡眼惺忪的老妇人坐在床上，手中举着伏特加瓶子。而起居室的地板上，一名中国老人刚刚从震撼弹的刺激中恢复，用睡衣下摆擦拭红肿的眼睛。

“你被捕了。”士兵说，然后走过去一拳将他打晕。

士兵从楼门口鱼贯而出，迷彩服逐渐恢复为黑色，两具失去知觉的人体被丢进运兵车，车轮卷起雪花，乌拉尔装甲运兵车倒出通道咆哮着冲出宿舍区大门。指挥官在战术终端上提交了这次突袭的资料：2分6秒。鉴于目标是毫无反击之力的科学家，这成果一点都不值得骄傲。

车子驶离5分钟后，一次性手铐自动解除，跪在雪地里的两个男人狼狈地爬起来，其中一个人大吼：“我看见他们的徽章了，是卢比扬卡（注：俄罗斯联邦国家安全局所在地）的A小组（注：阿尔法特种部队）！可恶，这和克格勃时代有什么分别！”

另一个人喊：“被带走的是肖平！肯定是天上的项目出问题了！”

由于震撼弹造成的暂时性耳聋，他们谁也不知道对方在喊些什么。

距离第一次发射：1小时30分33秒

德国巴登–符腾堡州

康斯坦茨大学数学和自然科学院大讲堂

布兰登·巴塞罗缪博士平常讲课的时候都会关掉手机，但今天他忘掉了这件事情，手机开始振动的时候，他正在黑板上写下精神分析学家艾瑞克·弗洛姆的名言："因不得不超越自我之故，人类终极的选择，是创造或者毁灭，爱或者恨。"

此时已到了午饭时间，他名为"有关爱的行为动力学研究"的讲座还有五分之一的内容没来得及说，巴塞罗缪博士难免有点焦急，额头微微出汗，用躲在眼镜下的目光偷偷观察大学生们脸上的表情。手机开始振动，他手中的粉笔折断了。"见鬼！"他小声咒骂，右手伸进裤兜握住手机，摸索着挂断通话。

旁边的大学讲师看到他脸上的异样，站起来替他解围："各位，经过学院的同意，巴塞罗缪博士的讲座将延长到下午2点，我们休息30分钟，大家请先去用午餐，12点35分讲座在此继续。"掌声响起，学生们收拾书本站了起来，布兰登·巴塞罗缪忙举手致礼，顺便把手机取出来，瞧了一眼屏幕。屏幕上显示的是"胡佛"。

巴塞罗缪博士戴上耳机走到教室的角落，接通了电话。骨传耳机里响起一位女性的声音："巴塞罗缪博士，这是保密线路，局长要跟您通话。"

"当然。我这里安全。"64岁的前FBI行为分析师、行为分析部首席顾问摘下眼镜，整理了一下乱糟糟的花白胡子，把喉振动麦克风贴在颈部。

几秒钟后，联邦调查局局长的声音响起："布兰登，有大麻烦了。"

"什么样的麻烦？'9·11'等级？"

“不，更大的麻烦。你赶紧到最近的安全屋去，有人会告诉你详情。我在去白宫的路上，稍后联系。”局长停顿了一下，“你的大学……在吉斯山，最近的安全屋在斯图加特，来不及了。找间办公室，锁好门，用安全链接接入系统吧，一个外勤小组会尽快赶到你那里。靠你了，布兰登。”

“明白了。”

布兰登·巴塞罗缪花了15分钟找到正在吃午餐的康斯坦茨大学校长，说服对方准备一间设备完善、安全性高的办公室。他一进房间，就拔掉了所有电器的插头，用随身的小玩意儿检查每一面墙壁，开启信号干扰器，将电脑和手机连接起来，展开便携天线，通过通信卫星建立了安全链路。做完这一切的时候，两名FBI的探员已经赶到，他们在房间外布下了警戒线。

巴塞罗缪博士戴上眼镜，登录了系统。NCAVC（国家暴力犯罪分析中心）主任的面孔出现在屏幕上，没有一句废话，他语速急促地说：“我会尽可能快地给你做简报，然后给你播放几段视频和直播画面，你需要根据其内容做出判断。这判断将影响白宫的决策，所以，必须百分之百准确。”

巴塞罗缪博士盯着屏幕上的脸：“我负责的BAU（行为分析部）工作职能是支援联邦和州政府进行刑事犯罪调查，我猜你要说的事情不在这个范围之内。”

“不。”对方简洁地回答，“这属于BAU第一小组的业务范围‘恐怖活动’，由我直接负责。但白宫需要你的专业知识，整个NCAVC找不出比你更可靠的人选。”

“我的意思是，别把匡提科（注：美国维吉尼亚州匡提科FBI犯罪实验室，BAU所在地）的家伙们卷进来。我会做出判断，并承担责任。”

“我知道。心理侧写不需要团队合作，白宫需要的是你30年的心理学和行为分析学经验，巴塞罗缪博士。”

“好，开始吧。”

巴塞罗缪博士拿出笔记簿和钢笔，端坐在桌前。

距离第一次发射：0小时25分

德国巴登-符腾堡州　康斯坦茨大学办公室

巴塞罗缪博士写下最后一个关键词，放下钢笔：“我不太明白。”

“没有人明白，没有人。”NCAVC主任在镜头中解开领带结，用手绢擦拭粗壮的脖颈，显得有点焦躁，“还有25分钟，我们要在25分钟之内做点什么。”

巴塞罗缪博士看着笔记簿上的几行字。

0时，休斯敦收到来自特里尼蒂α（阿尔法）的文字信息：“变更预定计划，10小时后进行自主试射。”

2 小时，休斯敦将信息发送给白宫，因为特里尼蒂 α 中断了一切通信，并切断了远程控制通信链。

6.5 小时，总统召开远程会议，中俄空间发展联盟与 EuroNER（欧洲新能源共同体）分别确认与特里尼蒂 β（贝塔）和特里尼蒂 γ（伽马）失去联系。

8.5 小时，特里尼蒂 α 开启视频通信窗口，发布了一段简短的视频。白宫与五角大楼成立应急政策小组，国土安全部将威胁预警等级提升至橙色。

9.5 小时，现在。

“特里尼蒂是美、中、俄、欧洲联合开发的天基太阳能发电项目，我看过新闻。”巴塞罗缪博士在纸上画了个三角形，“今天预定进行第一次对接试验，但出了点岔子，对吗？我要看那段通话视频。”

“视频很短，不过没时间让你多看几遍，博士。请仔细看。”

视频画面由三个镜头拼合而成，每个镜头的背景都是相同的：明亮的银色舱室，闪烁的仪表灯光，从镜头下方的代码能够分辨，由左至右三个画面分别来自特里尼蒂项目的 α、β、γ 三个站点。

巴塞罗缪博士点亮手边的平板电脑，快速翻阅FBI系统内的特里尼蒂项目相关资料。他跳过大段技术描述，找到自己关心的章节：

“简述—章节 12—2. 发射站的空间展开。

经过221次发射，2年又128天的时间，特里尼蒂α空间站在低轨道组装完成。经过3次变轨，休斯敦宣布α站成功进入35800公里高的地球静止轨道，照射投影位于美国新墨西哥州阿拉莫戈多市西南96公里处。

展开作业花费了90天时间，每展开一片反射镜都需要进行细微姿态调整，尽管空间站自重只有1.3万吨，但展开后面积超过1000万平方公里，超过人类历史上所有空间飞行器的投影面积的总和。

完全展开后的复合抛面集中器呈中国鼓腹瓷花瓶形状，集中器通过姿态调整确保进光量，将阳光聚焦于球锥形谐振腔，经太阳光泵浦固体激光器转化为激光束传向地面接收站。由于外表面采用黑色涂装，发射站从地球角度很难观测，不过在夜间复合抛面集中器达到最大偏移角度时，可以观测到“花瓶”瓶口反射的弧形光带。

特里尼蒂α空间站成功进行了低负荷启动和激光太空传输试验，俄罗斯与EuroNER负责装配的β、γ站在六个月后先后进入地球静止轨道。三个空间太阳能电站完全展开后，将与地面站进行激光——太阳能传输试验。

α站由NASA宇航员里克·威廉斯操作，地面站位于美国新墨西哥州阿拉莫戈多；β站乘员为法国宇航员莫甘娜·科蒂，地面站位于阿尔及利亚阿德拉尔省提米蒙沙漠；γ站乘员为俄罗斯籍华裔宇航员别列斯托夫·平·肖，地面站位于俄罗斯中西伯利亚高原的伊尔库茨克州。”

这时视频开始播放，巴塞罗缪博士抬起头，看画面上出现三位宇航员的面孔，三人各自简短地说了一句话。

α 站的美国宇航员，亚麻色卷发下面有双迷人的蓝灰色眼睛，他首先开口，用洪亮的声音说："我们是特里尼蒂的操作者，你好。"

β 站的法国女性留着短短的金色寸头，身材瘦削，脸上有些雀斑。"我们在此宣布第一次发射将如约进行。"她的眼神并没有看镜头。

γ 站的俄罗斯人端端正正坐在镜头前，即使身在太空中也保持着军人的笔挺坐姿，国字脸上架着一副老式玳瑁框眼镜。巴塞罗缪博士之所以能认出这种材质，是因为他生于 20 世纪 40 年代的祖父有一副古老的玳瑁框眼镜，那大约是第一次世界大战末期的产品了。"第一次发射后 20 分钟，我们会开启实时通信。那么，再见。"他说。

视频结束了，总长度 40 秒。

"他们想干什么？我只想问这个问题。不，是总统先生迫切需要一个答案。"NCAVC 主任的脸占据了电脑屏幕，"告诉我，博士，他们是恐怖分子还是别的什么人？"

巴塞罗缪博士犹豫了一下："这不是侧写的领域，其他的心理专家可能更擅长从动作和语言中捕捉动机，找出其隐藏的语义。而我……"

"不不不，没有什么心理专家，所有的外包项目都被保密协议排除在外。你还没理解到事情的严重性。"NCAVC 主任在屏幕上神经质地搓着粗脖子："什么都好，告诉我一些事情，让我去应付局长、白宫幕僚团和国防部，什么都好。"

"我需要更多资料。"

"特里尼蒂宇航员培训项目使用了FBI标准心理测试题，三人的卷宗已经上传至临时数据库了，另外，个人资料页也更新完毕，我们的技术员挖掘到一些简历上没写的东西，你可能会感兴趣。"

"好。"

"——在此之前，说点什么，快。没时间了。"

巴塞罗缪博士扫了一眼屏幕上的文件，眼神落在三个人的头像上面。"仅凭这些信息我没法得出结论，但我能告诉你一件事情，伙计。无论这些人想干什么，他们是认真的，比基地恐怖组织的自杀炸弹预告还要认真一千倍。"

NCAVC主任瞪大灰蓝色的眼睛，白衬衣领出现明显的汗迹。几秒钟后，他点点头，抓起电话："这就够了。……接线员，给我接白宫。"

巴塞罗缪博士抓紧时间追问："告诉我，他们能用特里尼蒂太空站做什么？我看不太懂技术参数。"

对方用粗脖颈和肩膀夹住电话机，右手指着左手腕上的爱彼皇家橡树自动表，做了个秒针旋转的手势，随即切断了视频。巴塞罗缪博士在屏幕右下角发现一个红色的倒计时数字，那是技术员根据对方声明的"发射时间"而设定的。

时间还剩1分30秒。

距离第一次发射：0小时1分30秒

阿尔及利亚阿德拉尔省　提米蒙绿洲

这是一个尘土飞扬的沙漠小镇。一个有着800年历史的地下淡水湖滋养了撒哈拉沙漠中的这片绿洲，从阿尔及利亚北部山区迁徙而来的人们聚集在这里，种植椰枣树，筑起红色砂岩的城堡，至今仍有上千人居住在奥斯曼帝国时期建立的古城之中。30年前这里曾经非常兴旺，但随着塔曼拉塞特省优质天然气田的发现，阿德拉尔省所有绿洲城市的居民朝圣般涌向相邻省份，留下不愿迁徙的人们守着旧城和每年春季准时到来的沙尘暴。

三年前，一帮法国人出现在提米蒙绿洲，开着丰田越野车进入沙漠，用激光指示仪圈定了一大块土地。随后，浩大的工程开始了，无数覆盖着银白色反光膜的设备装满轮船，从马赛、直布罗陀、热那亚和巴伦西亚运往阿尔及尔，又被集装箱卡车送至提米蒙。没人知道法国人在修建什么，但工作机会和崭新的欧元钞票是真实的，全镇的男人都被雇用了，尤其是文化程度较高的青年人。

“今天爸爸为什么没有按时上班？”7岁的查奥·阿克宁站在屋顶用玩具望远镜眺望远方，然后抬头问自己的母亲。

“因为今天是发射的日子。”他的母亲一边晾晒衣服，一边回答，“所有人都不能进入基地，他们去山上的观察点了。”

“可爸爸是往基地的方向走的，我看见他的摩托车往那边开。”查奥说，指着风沙遮蔽的西方。

“因为他是爸爸。我们只要等他回来吃晚饭就好了。”母亲回答道，“去洗洗手，吃块哈尔瓦（一种阿拉伯点心），多蘸些蜂蜜，记得刷牙。不过，电视只能看半小时。困了的话，就先睡一会儿。”

“我要午睡的话，你会给我唱摇篮曲吗？”

“我不会唱你说的摇篮曲，查尼（注：查奥的昵称）。以后别再问这个问题啦。”

“好的，妈妈。”在跑下楼梯之前，查奥四处望了一圈，他们的二层小楼位于提米蒙新城的边缘地带，从这里能清楚看到5公里外的那座赭红色砂岩的小山丘，山上搭起一片蓝色的遮阳棚，应该就是妈妈所说的观察点；而西方荒凉沙漠的深处，那条两车道水泥路的尽头，就是整个提米蒙新城居民赖以为生的基地所在。距离60公里，看不到基地闪亮的银色围墙，可查奥知道父亲正在去往那个地方，当所有人都撤离的时候，只有他骑着摩托车绕过城市进入沙漠，父亲想要做什么？查奥想不出答案，这事一直困扰着他，以至于他在哈尔瓦点心上浇了太多的蜂蜜，吃起来甜得吓人。

距离第一次发射：0小时0分20秒

地球静止轨道　特里尼蒂α太空站控制室

如果将特里尼蒂太空站视作一个巨大的花瓶，控制室就是花瓶底座侧面的一个小突起，在以上千公里为计量尺度的太空站的衬托下，直径15米的圆柱形控制室渺小得微不足道。太空站分为两个主要部分：喇叭口的复合抛面集中器依靠12000个姿态调整喷射口转移角度，始终对准太阳方向；光泵浦固体激光器与控制室的部分则同时进行反推，保持发射器与地面站的同步。

从控制室的角度来看，地球是嵌在脚底下那块舷窗中的蓝色圆球，虽然身处太空没必要遵循地球引力方向，不过里克·威廉斯还是习惯性地将面向地球的窗户称作“下方”，抛面集中器的方向为“上方”。

“所以说，睡觉的时候得找到正确的方向才行，你们没有这样的习惯吗？”他对其他两位特里尼蒂宇航员说。

“没有。”戴着老式眼镜的肖简短地回答。

科蒂没有说话。她在空中盘膝打坐，轻轻触碰舱壁让自己原地旋转起来。她一直以这样的方式来缓解自己的紧张感。

“哦。……还有10秒钟，坐标已经校准过了，我的摄像头开着，不过目标地点上空云层很厚，恐怕没法取得清晰的图像。”美国人用小手指钩住挂钩将自己拉到控制台前，触摸屏幕上的按钮，“集中器角度没问题，遮光板开启，介质棒状态OK，功率35%，照射时间1分钟。那么，我要按下启动键了，各位。”

“你已经迟了5秒钟。”肖说。

威廉斯露出灿烂的微笑，对着镜头竖起大拇指：“守时是重要的品德，可谁又能挡得住意外发生呢？延迟10秒钟，预备……发射。”

肖沉默着，科蒂停止旋转，闭上眼睛。

千万平方公里的阳光汇入400米直径的谐振腔，在掺钕钇铝石榴石晶体棒的激励下，光子向高能级跃迁，点亮了万亿千瓦超级太阳能电站的能量之火。这并非人类历史上创造出的最强激光，但与实验室中以毫秒为单位发生的超高能激光脉冲不同，特里尼蒂创造的是地球与太空的激光通路，一条传输着庞大能量的、无比稳定的激光电缆。

——如果激光照射点是α地面站的话。

三个人通过特里尼蒂α站的摄像头注视着遥远的地球，注视着蔚蓝的海洋、宁静的大陆和舒卷的云团，注视着那一束激光照射的地方，一切似无改变，但每个人都知道，世界更新的时刻已经来临。

悄无声息，无法观测，激光在0.12秒之后到达地球，在电离层边缘留下一圈五彩斑斓的浮光。波长1050纳米的近红外激光贯穿大气层，将空气、云层和尘埃电离，粉红色等离子光团在水蒸气形成的云柱中若隐若现，勾勒出无形巨柱的轮廓。

第一次发射

美国新墨西哥州奥特罗县

阿拉莫戈多市西南方96公里　沙漠

日头已经升得太高，沙漠角蜥还没能吃饱。即使在红柳林的遮蔽下，这片沙地也正逐渐变得滚烫，它决定放弃狩猎回到自己的栖息地，在凉爽的石缝里度过漫长而灼热的白天，等待傍晚到来。

它吞吃了几片草叶以补充水分，接着飞快地爬上山坡，这时候某种不祥的征兆出现了，它的棘刺之间有静电火花噼啪作响，空气正急速变得湿润起来。这显然是反常的，不需要多高的智力，它靠本能判断出静电与湿度之间的对应关系。

角蜥停在一块岩石上，转头观察那片银白色的建筑，那里很安静，什么事情都没发生。危险来自遥远的地方，它转动眼球，注视着96公里外的天空，天空变得漆黑，仿佛整片沙漠的乌云正向那里聚集，太阳的光芒暗淡了，异常的光和热在彼方缓缓膨胀。

角蜥跳下岩石，用疯狂的速度向隐蔽处狂奔。

阿拉莫戈多市是一座拥有3万人口的小镇，以旅游观光、疗养院和导弹基地而闻名。特里尼蒂项目启动后，阿拉莫戈多作为地面站工作人员的居住地而保持着活力。试验前夕，以地面站为中心 112 公里半径内的人口被逐渐疏散，阿拉莫戈多被清空了，数十台传感器安装在城市的各个角落，用以记录激光输电对周边环境可能造成的不利影响。

所有的传感器在同一时间停止工作。直径 150 米的激光光斑击中了小镇中心。仿佛一千个太阳坠落，光芒化为灼热的冲击波在整个小镇掀起火海，上千栋房屋在一瞬间同时爆燃，火龙卷缠绕着无形的激光柱盘旋而上，升入 500 米的高空。照射中心的地面不断塌陷，水泥和沥青升华燃烧，光斑核心温度迅速升至 800 万摄氏度，激光蒸发了钢铁、土壤、地下水与岩石，随即将所有物质化为等离子体。燃烧的小镇开始向内坍缩，如同一颗在日晒下干瘪的葡萄。

夹杂着尘埃的热蒸气伴随火焰升高，在热圈的外围凝聚，紧接着下起一场黑色的暴雨。冒火的建筑在雨中发出呻吟，房屋、街道、汽车、树木，残存的阿拉莫戈多扭曲着向中心流动，热冲击波如推土机一样制造出岩浆的波浪，由内而外扩散。

突然，光柱消失了。火龙卷在呼啸，黑云在雨中缓缓升起，赤红岩浆倒灌入 100 米的巨坑，原本被称作阿拉莫戈多市的地方变成一个深邃的岩浆湖。短短 60 秒的激光照射，释放了相当于 7200 吨 TNT 炸药的惊人能量，如一枚精准打击的战术核武器将阿拉莫戈多从地图上彻底抹去。

蘑菇云升入千米高空，炽热的岩浆湖需要几个月时间才能彻底冷却，漫长的时间过后这里会成为一个光滑的墨绿色玄武岩深坑，在雨季中蓄起水，变成一个漂亮的新生湖泊。然而现在，这里是下着黑雨的灼热炼狱。

一切只花了60秒时间。

第一次发射

德国巴登-符腾堡州　康斯坦茨大学办公室

布兰登·巴塞罗缪感觉到某些事情正在发生。屏幕上的倒计时已经归零，保密终端没有更新信息，他等待了10分钟，忍不住点击鼠标接通匡提科的分析师，询问：“究竟发生了什么？告诉我。”

没有回应。

他抓起手机准备拨给FBI总部，这时计算机发出嘀嘀的蜂鸣声，红色的倒计时数字重置为10小时，屏幕被锁死了，一行文字浮现：“准备接入白宫紧急会议，安全协议生效。”他站起身来望向窗外，发现整栋楼的教师与学生正在被有序疏散，一架洛克希德·马丁公司的电子干扰无人机悄无声息地悬浮在树梢，为办公室窗户覆盖反激光窃听的不可见光屏障。手机失去信号，头顶灯光忽明忽暗，大楼某处响起低沉的柴油发电机运转声，技术人员已经切断楼体与外界的强、弱电联系，制造出信息世界中的绝对孤岛。

随着Milstar军事卫星天线架设完毕，横跨大西洋的保密线路接通了，屏幕锁定解除，一个视频窗口弹了出来，出现在镜头中的是美国总统国家安全事务助理。“请落座，先生们。”他说，“现在切换至会议模式，总统先生将主持这次紧急反恐会议。”

巴塞罗缪博士整理了一下衣领坐在桌前。虚拟圆桌在屏幕上展开，美国举足轻重的大人物们依次入座，他看到FBI局长与NCAVC主任肩并肩坐在橡木桌前，背景看起来是白宫西翼地下的战略情报室；国务卿、国防部长与国土安全部长坐在长桌的另一侧，总统背后的情报屏幕快速滚动着数据，在LED屏幕冷光的映衬下，这位49岁的美印混血总统显得脸色阴冷。

“17分钟前，美国遭到了‘9·11’事件以来最严重的一起恐怖袭击——不，是第二次世界大战以来美国本土遭遇的最大规模袭击。”总统嘴边的法令纹如刀锋般深刻，“看视频。”

一个静谧的小镇出现在屏幕上，几秒钟后，它如积木玩具般崩坏了，火焰升起，大地沸腾，架在山上的望远镜头在热风中剧烈震荡起来。冲击波吹起飞石，镜头倒下了，最后一个画面是指向天空的黑红色云柱，爆炸云逐渐舒卷，如一个漆黑的微笑。

“攻击来自特里尼蒂α空间站。没错，那个投资万亿美元的新能源项目，我们头顶上的太阳能发电站。”总统说，“没有人员伤亡，他们攻击的是被疏散的市镇，这是一次该死的示威，先生们。”

“……以及女士。”国防部副部长补充道。她在会议系统中发布了一则简报，“激光照射持续了 1 分钟时间，按照初步估算，其威力与 W79mark-II 5000 吨级战术增程核炮弹相仿。一枚核弹毁灭了城市，就像 1945 年 8 月 6 日的广岛，不同的是，这次我们是被轰炸的一方。”

安全事务助理点亮话筒：“总统先生，特里尼蒂公司高层依然无法取得联络，他们的技术部门声称三个特里尼蒂空间站单方面切断的通信与远程控制功能是无法恢复的，只能等待对方主动联络。另外这次发射……并非全功率运行。”

总统揉着眉心：“给我数据。”

“数据还未上传。他们似乎有所隐瞒。”

“做些什么。”

“是的，总统先生，我们的行动组已经进驻特里尼蒂公司的波士顿总部……”

“闭嘴！联络时间到了。”总统低喝道，“FBI的心理专家在场吗？”

巴塞罗缪博士按下话筒回复：“我是BAU的行为分析学顾问，总统先生。”

“很好，我跟他们对话，你告诉我这些兔崽子究竟想要什么，必要的时候，我会拉你加入对谈。”

视频窗口展开，一片漆黑。沉默在蔓延，喘息声清晰可闻，巴塞罗缪博士能嗅到空气中迷惑、不安、愤怒和恐惧的味道，大人物们如同刚刚被郊狼袭击的羊群，丧失了行动的能力，呆滞站立在充满血腥味的夜色中。巴塞罗缪博士做了个深呼吸，喝下冷掉的咖啡。

第一位宇航员出现在屏幕中，接着是第二位、第三位。俄罗斯人、美国人、法国人。男人、男人和女人。戴眼镜的人，不戴眼镜的人。强壮的人，中等身材的人。黑发的人，金发的人。布兰登·巴塞罗缪紧盯画面，捕捉对方每一个微小的动作细节，试图找出三个人之间的某种关键联系。这时，俄罗斯人首先开口了。

“是总统先生吗？你好。”左手推了推玳瑁框眼镜，别列斯托夫·平·肖微微点头致意，“来自特里尼蒂 γ 空间站的问候，先生。”

“我就算了。没心情。”金发的法国宇航员挥了挥手，闭着双眼，继续在空中盘膝慢慢旋转。

美国人笑了起来，露出洁白整齐的牙齿。他敬了个似是而非的军礼：“特里尼蒂 α 站的里克·威廉斯向您报道，这儿很高，空气不错，要是循环装置里没有尿骚味就更好了，总统先生。”

总统的表情显得非常平静：“如果说错的话请打断我。20 分钟前发生在阿拉莫戈多的事情并非误射，你们在与美利坚合众国正面为敌。一个美国公民，NASA 宇航员，美国海军陆战队第一陆战旅上尉连长的儿子，你背叛了自己的国家、民族和父辈，小威廉斯先生，我对你感到非常失望。”

“啊，对不起，愿他老人家能够安息。”威廉斯轻快地回应道，“那么说说正事儿吧。刚才只是温和地说出‘你好’而已，我本来想毁掉大一点的城市，比如罗斯威尔或者拉斯克鲁塞斯

（注：均为新墨西哥州的城市），但我的中俄混血兄弟是个仁慈的家伙，他告诉我《三国演义》里有句话叫作‘先礼后兵’，打招呼的时候要带着微笑才行。瞧，没人死去，皆大欢喜。”

“你们代表谁？”总统双手交握撑起下巴，用阴沉的深灰色眼睛盯着35800公里外的男人。

科蒂背对镜头，线条柔和的肩膀起伏不停。威廉斯摆摆手：“看来你们还是没搞明白。我们不代表谁，我们是特里尼蒂（Trinity），三位一体。我们代表我们自己，总统先生。”

“那让我换个说法。……你们想要什么？”总统说。

“很好。”威廉斯正色道，“9小时40分之后我们会进行第二次发射，发射功率和照射时间都会增加，你能想象到那会产生什么结果。我们要求美国政府说服其他理事国申请召开联合国大会紧急特别会议，特里尼蒂将列席会议，10小时的时间用来筹备会议，我想足够了。如果紧急特别会议如期召开，我们将延缓第二次发射，否则，激光会命中一座小型城市，杀死城市中的所有人，所有鸟类、啮齿类和昆虫，对不起，还有猫和狗。我们不会提前告知将攻击哪座城市，也不接受其他任何形式的妥协。”

沉默降临。巴塞罗缪博士观察着三位宇航员的表情与动作，在笔记本上记录着什么。没有人说话，屏幕上的总统足足静默了1分钟，特里尼蒂的宇航员们也默契地保持安静，似乎想给地球上的人们一点反应时间。

“10小时后，美国大部分地区将进入夜晚，你们没法发动攻击！”这时副总统忍不住开口。

肖推了推玳瑁框眼镜，做出回答："第一，特里尼蒂空间站位于3.58万公里高的地球静止轨道，若具有基本的中学物理知识，你就会发现我们受到地球阴影遮挡的机会微乎其微，白天和夜晚，对太阳能抛面集中器的性能没有影响；第二，这次发射的目标选择不限于美国本土。我们的激光照射范围覆盖85%的陆地面积，99%的人类聚居区域。"

"所以，这不是针对美国的恐怖主义行动……你们想要更多。"总统的声音很低沉，"召开联合国大会是异想天开的想法，就算以大规模恐怖袭击作为威胁……"

威廉斯打断了他："联合国大会第A/RES/377（V）号决议，安全理事会遇似有威胁和平、破坏和平或侵略行为发生之时，如因常任理事国未能一致同意，而不能行使其维持国际和平及安全之主要责任，则大会应立即考虑此事，向会员国提出集体办法之妥当建议，倘系破坏和平或侵略行为，需建议于必要时使用武力，以维持或恢复国际和平与安全。当时如属闭幕期间，大会得于接获请求后24小时内举行紧急特别届会。紧急特别届会之召集应由安全理事会依任何七理事国之表决请求为之，或由联合国过半数会员国请求为之。——七个理事国，听起来没那么难。"

总统猛然推开椅子站了起来："美国不接受任何恐怖分子的威胁！我要结束通话了，这场闹剧就到此为止！"

威廉斯微笑道："火种已经点燃，你没法阻止火势蔓延，总统先生。美国政府对新闻媒体的控制是徒劳的，无数人早已从社交网络上看到阿拉莫戈多毁灭的景象，我们安置的信息炸弹在发射的同时引爆，特里尼蒂项目的真实资料将逐步泄露至互联网，这个世界已经知晓我们的名字，现在，他们会意识到我们的力量。你们必须接受要求，因为那是全球性恐慌唯一的抑制剂。没错，这是一个新时代的起始，这是风暴的开端，先生们！”

“我讨厌你用百老汇腔说话。”旋转着的科蒂说。

“紧急特别会议召开时，请在有线电视网发布正式新闻，我们会看的。”肖说，“当然，如果你们进行无线电屏蔽的话，别忘了在联合国总部大楼楼顶摆一个二维码，我会让一个摄像头对准曼哈顿的。那么，再见。”

三位宇航员依序消失，画面重归黑暗。

视频会议立刻出现 24 个声音。所有人都在叫嚷，语音系统自动进入讨论模式，耳机里充满咒骂声和催促声，直到总统按下最高优先级的按钮，将其他人全部静音。“闭嘴！”他吼叫着，以盖过战略情报室里嘈杂的噪声，“闭嘴！……闭嘴。”重复三遍，他喘息着坐下来，用灰色眼睛扫视所有参会者，“我宣布重新启动‘太空怒火’计划。接入空军太空司令部，我要彼得森空军基地在 10 分钟内完成预备部署，给出详细作战方案。提高威胁预警等级，必要的时候，我会宣布美国本土进入战争状态——这是一场狗娘养的战争！先生们，做你们该做的事情，10 分钟后向我汇报，会议到此结束。”

“是的，总统先生。”

巴塞罗缪博士用鼠标点击结束视频对话的按钮，发觉掌心滑腻腻的全是汗水。这时一个独立对话界面弹出，总统慢慢抬起头，问："巴塞罗缪博士，FBI对你的评价非常高。现在告诉我，这些人是疯子、妄想狂还是新纳粹？"

巴塞罗缪博士谨慎地回答道："我正在看他们的心理测试答卷，仅从刚才的对话来看，他们不是反社会型人格障碍者，行动并非偶然动机和偶发情绪驱使的——话说回来，具有严重人格缺陷的也不可能通过NASA的筛选，总统先生。"

"废话。"总统揉搓眉心，"我现在没空听废话，博士。"

"我的观点没有变，他们的意志非常坚决。你可以赌博，但要做好一败涂地的心理准备，总统先生。"

"我父亲在加尔各答暴乱时被砍成肉酱，母亲因吸毒过量死在布鲁克林的小巷里，我12岁时因为洗涤工厂的劣质洗涤剂丢掉了视力。6年前，我在大选中失败，因急性酒精中毒被送入医院切除胰脏和半个肝，天知道我一滴酒都没喝。可我还坐在这里，博士。我是美国总统，我知道自己在干什么。"抚摸着自己灰色的眼球，高踞长桌顶端的男人说。

距离第二次发射：9小时29分0秒

俄罗斯莫斯科市卢比扬卡广场2号楼　地下8层

肖平和他的俄罗斯老伴惴惴不安地坐在沙发上。红色皮沙发，盖着白色绣花沙发巾，茶几上放着瓷茶壶，红漆的柜子，柜子上有金色俗气的花边装饰。从走出电梯门的时刻起，他们就有种错乱的感觉，楼道挑高的房顶、红色油漆地板和褪色的护墙板已经多少年没见过了？赫鲁晓夫时期的旧建筑就是这副模样，脚踩在水泥地板上还会发出空洞的回声，可这明明是21世纪中叶的莫斯科啊。

他们被士兵们送到这里，一位戴口罩的女医生为他们检查了眼睛和耳鼓膜，给他们递了眼药水，然后端着药盘离开。肖平不知道自己身处何处，只能隐约猜到事情跟儿子有关。老妇人投来惊恐的目光，肖平把她的手紧紧攥住："别怕，阿佳塔，这一定是一场误会。"

这时门锁忽然"喀"地一响，两位老人同时站了起来。一个身穿白衬衣、深蓝色西装外套和黑皮鞋的男人出现在门口："肖先生，斯托罗尼克娃女士，请坐。"他的脸上有一道相当惊人的伤口，看起来是一颗子弹穿过腮部从鼻翼位置穿出，在嘴角留下深深的伤痕，使他面无表情的时候，都像是在微笑。

"伊万。"没等肖平开口询问，来人指指自己的胸口，"FSB

（俄罗斯联邦国家安全局）。”

肖平的耳朵仍在嗡嗡响，不知不觉提高音量：“我是俄罗斯航天功勋科学家，即使FSB也不能非法逮捕我！”

伊万瞟了他一眼，眼神中不带任何感情。他自顾自开口：“肖平，原籍中国山东泰安，火箭专家，27岁由中国国家航天局派遣来到俄罗斯参加质子P2火箭研发工作，后成为中俄空间发展联盟驻俄罗斯特派员，34岁与俄罗斯人阿佳塔·斯托罗尼克娃结婚，42岁加入俄罗斯国籍。”

“……对。”肖平坐直身体，“我爱中国，也热爱俄罗斯的大地。我选择留在这儿。”

“你们只有一个儿子，别列斯托夫·平·肖，中文名叫作肖，出生于莫斯科国立谢东诺夫医院，今年39岁。”

“不对，他……”

“我是说，离39岁生日还有两天。”

“对。”

“新西伯利亚国立大学毕业，功勋宇航员，中俄空间发展联盟的首席太空人，远东特里尼蒂项目第一顺位操作者。未婚。”

“对。”

“韦氏智力测试得分145。心理评估等级优秀，评语是‘非常冷静，具判断力’。”

“对。”

“但并非你们的亲生儿子。”

肖平感到阿佳塔的手颤抖起来。他望着对面的男人，伊万露出毫无表情的笑容。“对。”肖平低下头，“这件事很少有人知道，有天出门办事，我看见路边的树上停着好多乌鸦，过去一看，在树杈中间找到一个布包，孩子就在里面睡着。我和阿佳塔有生育困难，没有孩子，就把那孩子抱回家当亲生儿子养。因为收养手续有问题，我找到谢东诺夫医院的朋友办理了出生证明。他长得虽然不像我，但很巧也是蒙古人种，你们分辨不太出来，这么多年早都忘了这码事。对我来说，他就是我的亲儿子。”

“别列斯托夫知道吗？”

肖平犹豫了一下：“可能知道。这小子聪明，恐怕早就知道了，不过他没挑明，我们自然也就不提。”

伊万的灰蓝眼睛眨也不眨：“他背叛俄罗斯的事情，同中国有关吗？”

“……什么？”

两位老人同时愣住了。没给他们反应时间，伊万说：“特里尼蒂项目失控了，他和两名外国宇航员拒绝接受地面指令，发出恐怖威胁，现在FSB需要别列斯托夫个人电脑里的数据，他设下复杂的SHA-3密码，暴力破解要花去很多时间，所以，现在写下来给我。”

肖平嘴唇颤抖着：“我不知道什么密码。那孩子不可能做出背叛国家的事情！他出生在俄罗斯，身上没有一点儿我的中国血统，他是个爱国的俄罗斯联邦公民！虽然平常话不多，不出任务的时候喜欢一个人闷着，可是绝对不会做坏事！我以父亲的名义发誓！”

“不。”伊万淡淡地回应，“你在说谎。他的住宅在你们住宅的正下方，FSB的特工在你卧室地板上发现了钻孔和布线的痕迹，你最近一批试验材料里有定向拾音设备、微型摄像头、光缆和防探测装置。如果没猜错的话，你早已发现儿子叛国的事实，偷偷在屋里监视他！别列斯托夫的住宅有着完善的反侦测措施，比克里姆林宫的会议室还要严密，可他没想到父亲早就在日光灯灯罩里布下了探头。”

阿佳塔的脸色煞白，她抽出手来盯着肖平。一滴汗水沿着老人鼻翼滑落，肖平慌乱道：“不不，一次航天任务结束返回地面以后，我发现他的精神显得有点不正常，决定偷偷观察他一下，后来他没事，我就把数据全部销毁了。”

伊万掏出一包寿百年香烟，用一次性打火机点燃，一脸木然地盯着他。

肖平提高音量：“他是无辜的，你们搞错了！”

“密码只有24位，就算是旧密码也没关系，我们能根据密钥找出编码规律，缩减计算范围。你有一分钟时间。”伊万吐出一个烟圈，因为嘴角残缺，烟圈的形状并不好看。

“我不知道什么密码。”肖平倔强地梗着脖子。

忽然伊万的电话响了。楼道里传来无数嘈杂电子合成音，那是数十台手机同时响起，所有人的电话被同一个号码拨通。伊万接通电话听了几秒钟，摇了摇头，站起来：“没有时间了。把他们带过来。”

距离第二次发射：8小时20分20秒

阿尔及利亚阿德拉尔省　提米蒙绿洲

7岁的查奥·阿克宁看完一集动画片，瞧瞧窗外，太阳还没落山。他在地毯上躺了一会儿，把最后一块哈尔瓦点心掰成两半，浇上蜂蜜，吃掉一块，端着另一半走上楼梯。

平坦的楼顶晾晒着彩色条纹床单和爸爸的白色长袍，查奥钻过散发清香味道的衣服，看到母亲站在矮墙旁边，用他的玩具望远镜眺望远方。“妈妈！”他跑过去抱住母亲的腰，“爸爸快回家了吗？我们晚餐吃什么？”

“番茄炖羊肉好吗？”母亲微笑着回应，从他的小托盘里拈起点心，咬了一小口，将剩下的塞进查奥嘴里，“如果爸爸不回来，我们就去找他，在基地那家摩洛哥餐厅吃番茄炖羊肉，再来一大杯你最爱吃的巧克力香草冰激凌。”

“好啊好啊！”查奥笑着，“可今天所有人都没去基地，我们偷偷过去可以吗？”

母亲点点头：“我在等爸爸的电话，他一打电话来，我们就开车去基地。”

“那爸爸什么时候打电话来呢？”

“你瞧。”

母亲把望远镜递给他，指向西方那座赭红色砂岩的小山丘，山顶那些蓝色遮阳棚空荡荡的。“那些观看发射的人已经下山了，他们会回到城里来，到公司总部大楼去开会。爸爸就快打电话来了，因为这个时候基地空无一人，也没人会注意我们离开提米蒙新城。”她说。

“为什么大家要回城来呢？”查奥看到许多车子正从山的方向驶向城市，临时道路上扬起金红色的烟尘。

“因为发射取消了呀。疏散命令还没有撤销，他们不能到基地去。”

“为什么发射取消了呢？”

“因为……你爸爸会告诉你的。”电话响了起来，母亲接通电话，听了几分钟，冲查奥点点头：“好了，出发！”

“耶！巧克力香草冰激凌！”查奥跳跃起来，一溜烟冲下楼梯，将亚麻外套披在身上，挎好帆布包，换上皮凉鞋。门外停着的雪铁龙电动汽车已经提前开启空调，点发热装置吹出轻柔的暖风，母亲拉开车门让查奥坐在副驾驶位置，替他系好安全带：“先睡一会儿吧，到了我会叫你的。”

“我不困！我会替妈妈指路的，我认识去基地的路！……再说你也不给我唱摇篮曲。”尽管查奥如此保证，车子刚一驶上平坦的N51公路，他就在暖风中沉沉睡去。一觉醒来，窗外已经一片漆黑，白色LED车灯劈开夜色，前方能隐约看见基地信号塔的红色闪光。

“咣当！”雪铁龙像是碾过什么东西似的高高地弹起来，又重重落地，彻底驱走了查奥的睡意。他打了个呵欠，扒着座位向后望："妈妈，是不是撞到兔子或者沙鼠了？"

母亲的声音显得有点严厉："别乱看，好好坐着。"

查奥缩起身子，偷偷观察外面。车灯光柱的边缘出现了两截黑漆漆的东西，查奥以为那是有人丢弃在路上的木头或者沙袋。母亲猛烈转动方向盘，轮胎发出吱吱的呻吟声，车子画出S形曲线躲过了障碍物。查奥转头去看，发现险些被车轮轧住的黑东西长着手和脚，如玩坏的娃娃一样摊在路上。

"妈妈……"他小声说。母亲没有回答。

前方变得明亮起来，一辆厢型车斜停在路边熊熊燃烧，有个男人跪在车门处，上半身已烧成焦炭，下半身沾满暗褐色沙子，冒着热腾腾的蒸汽。雪铁龙左侧车轮碾着路基下的粗沙，剧烈颠簸着与厢型车擦身而过，查奥惊叫一声低下头，感到火舌从玻璃上舔舐而过。"……妈妈！"他带着哭腔喊。

"别怕，马上就到基地了，爸爸在那里等我们。"紧握着方向盘的女人挤出一个微笑。电动机的嗡嗡噪声变得尖锐起来，雪铁龙提高速度，将几辆着火的车子和凌乱的尸体甩在后面。基地警戒区的铁丝网出现在前方，但电动大门已经倒下，探照灯也没有工作。"咚咚！"电动汽车轧过铁门，两只轮胎同时被锋利的断茬划破，母亲用力控制着方向盘，车内响起刺耳的蜂鸣声，那是胎压警报与ESP启动警报在工作。"嘎吱吱吱……"小车在布满浮沙的路上左右扭动，如惊慌的蛇在沙漠中高速游移，查奥用力抓紧窗子上方的拉手，闭上眼睛尖叫。

"好了好了，查尼，没事了。"一只汗津津的、冰凉的手抚摸了查奥的脸颊，将他从歇斯底里中拯救出来。雪铁龙横在基地正门口，留下数十米长的刹车痕。母亲将查奥拉下车，走向基地大门，那扇供员工日常通行的自动门只关了一半，警示系统嘀嘀作响，母亲让表情呆滞的查奥躲在背后，自己从长风衣口袋里掏出一支手枪。

“……妈妈？”孩子喃喃地说。

母亲竖起手指做了个“嘘”的手势，左手拨通电话，右手平举手枪，慢慢走进大门。电话接通了，听筒里传出短促而有力的冲锋枪射击声，夹杂着男人濒死的呼喊：“佐薇！没想到护卫队这么早就回来了，搞得有点仓促，不过……”9毫米手枪射击的爆破音响了三声，“……不过已经压制住了，你们沿右侧通道进来，在中央控制室会合。……查奥还好吧？”

“他吓坏了，不过我想没事。”

母亲拽着孩子走进基地，穿过灯光幽暗的通道，不锈钢地板沾上血迹变得光滑无比，查奥好几次差点摔倒在尸体旁边。仍温热的尸体身穿黑色制服，肩章上画着高昂着头的单峰驼，查奥认得这个标志，甚至能认出几个男人的脸。他们是基地护卫队的成员，法国南部沙漠保安公司的雇佣兵，爸爸的同事，曾经亲切地摸着他的头叫他“Petit Chameau”（注：法语“小骆驼”）的叔叔们。

现在他们死了。

被父亲杀死了。

两人进入中央控制室的时候，最后一名雇佣兵刚刚被杀死，一颗 9 毫米帕拉贝鲁姆子弹掀开了他的半边头盖骨，粉红色的血顺着鼻尖滴下，这个男人以怪异的姿势趴在指令席上，仿佛正在保护某个隐形的科学家。屋子中间站着十几个男人，看见孩子进来，他们纷纷收起枪支，转过身擦拭脸上的污迹与血。

“查尼！”父亲从人群中间走出来，像老鹰一样张开臂膀，“没事了，我们马上就会开启基地的自动防御系统，这里安全了。你可以像回家一样安心，等我洗漱一下，咱们去摩洛哥餐厅吃沙拉、塔吉（炖菜）和CUSCOUS手抓饭好不好？”

查奥瞧着眼前陌生的男人，并不觉得这个浑身散发硝烟和鲜血味道的人是自己的爸爸。“我答应他吃番茄炖羊肉的。”母亲用手揽住孩子的肩膀，说，“还有巧克力香草冰激凌。”

“好啊，巧克力和香草一样来一杯！”父亲笑了起来，抓起查奥的手走向大厅门口，“不怕肚子痛吗？”

查奥有点躲闪地放慢步子，但还是仰起头回答：“是巧克力香草，不是巧克力和香草。……爸爸，为什么要杀人？”

“有这种口味的吗？一个冰激凌球有两种口味？”

“不是！是巧克力香草本来就在一起的口味！”

父子俩在怪异的谈话中走出门去，留在控制室的男人们与屋里唯一的女人拥抱问好。“埃里克森和本牺牲了。”男人们沉痛地汇报，“还有斯宾塞，他负责守卫警戒区大门，南部沙漠保安公司的车队一出现他就在对讲机里汇报，但马上就被对方的神射手爆了头。巴蒂斯塔的肚子中了两枪，估计撑不过今晚。盖诺的腿被枪榴弹炸断了，两条腿。对方死了 30 个人，因为我们抢先控制了一小部分的自动机枪，在外围占了点便宜。”

“NLF（Nature Liberation Front，自然解放阵线）不会忘记他们的。”女人说，“天上的情况怎么样？为安全起见，我一直没有上网。”

一个耳朵被流弹撕破的男人不顾满面流血，兴奋道：“他们如约进行发射了！网络上已经快爆炸了，所有人都在疯传那次攻击的视频，还没有国家公开发表声明，但他们已经成功了，这太棒了，佐薇！”

女人缓缓地吐出一口气，手抚胸脯：“7年了，就为今天……我们去餐厅吧，今晚需要庆祝一下。”

“那么要不要按照NLF的规矩……”有人试探性开口，立刻被身边人捂住嘴巴：“你胡说什么，有孩子在啊！”

女人笑了：“从这一刻起，他不再是我们的孩子了。这栋建筑物已经被自然接管，我们无须再伪装文明了。”她一边向外走，一边褪去身上的风衣、绒衣、长裤和皮鞋，最后解开束发的卡子，让红色长发垂坠下来。“……餐厅见。”

裸体女人消失在冰冷的钢铁通道中。

距离第二次发射：5小时47分4秒

地球静止轨道　特里尼蒂β太空站控制室

莫甘娜·科蒂准备吃点东西，每当心慌意乱的时候她总想吃东西，食物能缓解紧张，尤其是在她的太空瑜伽失去作用的时候。

舱内放着一首柔和的歌，温柔的女声轻轻唱着："Dodo, l'enfant do, l'enfant dormira bien vite." 她一边听歌，一边把一袋脱水菠菜插在料理台上，泵入50毫升的水，漂浮在旁边，耐着性子看袋子里的绿色蔬菜一点一点膨胀起来。咀嚼着淡而无味的菠菜，她给自己准备了一份奶酪通心粉、一小盒布丁和一袋综合果汁。"想吃巧克力香草冰激凌。"她把那些食物丢向舱底，慢悠悠地飘过去，一边瞧着脚下的地球，一边用牙咬开布丁盒。湛蓝的地球镶嵌在观察窗中央，显得遥远而寒冷，窗子旁边贴着几张照片，最显眼的是三名宇航员在中国海南文昌太空中心受训时的合照。照片上美国人搂着法国女人开怀大笑，别列斯托夫·平·肖站在旁边，望着镜头外的什么地方。

"科蒂。"通信屏幕亮起来，肖那张缺乏表情的脸出现在上面，"打扰你吃饭了，不过我想确认一下β站的情况。"

"还好。"科蒂瞟了一眼综合信息屏，所有数值都在绿色范围之内，"我有点累。"

肖用左手扶正眼镜，由于缺乏重力，眼镜与鼻梁的相对位置总显得有点别扭。“几分钟以前信号被切断了，我没有在电视和网络中看到官方回应，除了那些‘强烈谴责’。”他用指关节嗒嗒敲击控制面板，看来在思考什么事情，“我猜美国人要赌一把了，注意安全，按计划来，科蒂。”

“我明白。”科蒂伸长手臂按下几个按钮，空间站某处传来轻微的振动，“只要你编写的自动化程序没问题，我们应该是安全的，对吧？……我只是对某些事情不太确定。”她将飞向舱壁的布丁捞回来，舀了一勺放进口中，“说点什么让我好受点的话吧，肖。”

“我对程序有信心，但并不了解对方的底牌。冷战之后美国停滞了三十年的太空军备计划究竟重新部署到什么程度，没人知道。撑过这一关，我们就成功了大半，如今能做的并不多，只有祈祷。”

“我不祈祷。我是自然主义者。”科蒂说。

“我也不。修辞手法而已。”

“你真无趣，肖。”

“接受批评，但很难改正。”

“很难？”

“如果我们能活下来，将会有大把时间用来消磨。到时候我会尽量变得有趣一点。定时联络的时候再见，科蒂。”

金发女人用湛蓝的眼珠盯着屏幕上的黑发男人：“等一下，我……”话音未落，肖就切断了通话。“……我可能没法做到那样的事情。”她喃喃道，用颤抖的右手举起布丁，她需要食物，更需要食物里加入的镇静药剂，她的神经已经紧张得太久，如同一根绷得太紧的弦随时可能折断。

她吞下布丁，左手推动控制台上的手柄，屏幕上出现一片金黄的沙漠，沙漠中心的建筑闪闪发光。“你在吗？……有时候我会想这一切究竟是为了什么。如果有办法补救的话，你说，还来得及吗？杀人这种事情，毕竟是无法饶恕的罪啊。”科蒂对遥远的画面柔声说。

当然，无人回应。

歌儿还在响着：“Dodo, l’enfant do, l’enfant dormira bientôt.”

距离第二次发射：5小时9分1秒

大西洋上空　美国空军AMC-XII远程运输机　编号60-752A

布兰登·巴塞罗缪博士面前的咖啡洒了一半。这种最新型运输机并非令人舒适的交通工具，亚音速巡航时发出的噪声震耳欲聋。巴塞罗缪博士坐在空荡荡的机舱里，这趟航班的乘客只有四名随行人员，加上他自己。“不要将我排除在外！”巴塞罗缪博士冲着麦克风吼着，“我说，不要将我排除在外！我明白总统决定发动攻击，但起码让我进入参谋组中，我能帮得上忙！”

耳机里传来美国总统国家安全事务助理自鸣得意的声音：“恐怕我做不到，‘太空怒火’计划的保密级别……”

“听着，我花了几个小时分析三个太空人的心理测试报告，看了肯尼迪航天中心提供的大量视频资料，现在没人比我更了解他们！”巴塞罗缪博士用黏糊糊的手指戳着咖啡溅湿的电脑屏幕，“告诉总统，在关键时刻做出的判断很可能是盲目的，我需要成为美国联邦政府的决策参谋！”

对面的人安静了一会儿，说：“总统先生同意了，你很幸运，博士，绝大多数美国人并不知道我们的太空实力，你会目睹一场高烈度而短暂的战争。”安全事务助理得意扬扬地说，“一切结束之后，我们会对外发布‘太空怒火’的部分细节，宣告美利坚合众国拥有制天权，没有比这更合适的机会了，不是吗？”

巴塞罗缪博士单方面中断通话。屏幕上跳出请求窗口，白宫战情室再次出现在眼前，屋里的人明显减少了，来自彼得森空军基地的远程画面占据了一半的信息窗口。一位身穿蓝色制服、头戴黑色贝雷帽的军官正在对作战计划进行最后确认，巴塞罗缪博士认出他的肩章：一位从未出现在大众视线中的四星上将。博士明白这位就是美国空军太空司令部的最高指挥官，整个地球上最神秘军事力量的统帅。

“……轨道高度3.58万公里，超出大部分武器的打击范围。装备在F35E上的TLS空基反卫星导弹最大射高是2100公里，而地基的‘黑鼬鼠’则是1000公里，距离特里尼蒂α站还很遥远。至于地基激光反卫星系统，只能对300公里以下的低轨道卫星产生足够威胁。”上将指点着轨道图讲解道，从图上看，三个特里尼蒂空间站构成赤道面上的等边三角形，地球是三角形中心一个小小的圆。“……而我们大多数的攻击卫星都在 4000 公里以下的轨道运行，只有部分型号能够发动有效打击。最可靠的力量是运行在同步轨道的 4 颗‘殉道者’攻击卫星，以及 3200 公里高轨道的 14 颗‘雷鹰’远程攻击卫星。两个小时前，所有的‘殉道者’与‘雷鹰’已完成系统激活及试点火，状态完好，随时可以发动攻击。如果将攻击时间延迟到 24 小时后，我还可以让 5 颗卫星变轨加入攻击行列。另外，一枚‘德尔塔九号’运载火箭正在运往卡纳维拉尔角的途中，它携带了 10 枚反卫星拦截器，能够进行 4.8 万公里以上的深空作战，不过发射准备需要两天时间，毕竟‘太空怒火’项目停滞已久……”

总统坐在桌前，双手交握遮住嘴巴：“不，我们没有 24 小时，更没有两天时间。”

“明白。作战准备已经完成，我们将动用距离最近的 2 颗‘殉道者’、6 颗‘雷鹰’，使用SBL（天基激光器）与SBI（天基动能拦截弹）对美国上空的特里尼蒂 α 站发动攻击，其余力量分配给非洲上空的 β 站、亚洲上空的 γ 站。”上将说，“战争一瞬间就会结束，总统先生。”

总统点点头：“无线电干扰奏效了吗？”

“已经切断空间站到地面的所有通信，但三个空间站之间使用激光脉冲通信，不受地球遮挡，所以暂时无法干扰。”

“向中国和俄罗斯发出照会了吗？”

“7 分钟前，已经传达给中国、俄罗斯和北约成员国。”

总统站了起来：“世界上最强大的国家对三个人的战争。不，仔细想想，以国家为对象才能称为战争，这只是一场审判，一次处刑。”他转过身，目光扫视身旁的幕僚，“白宫。五角大楼。太空司令部。美利坚合众国。无须怀疑，我们将会胜利，我不相信存在第二种可能。……”

巴塞罗缪博士想要发言，但他的头像在 200 寸综合信息屏幕的角落徒劳闪动，有几个人跟他一样在大声叫嚷，试图告诉总统什么事情。无人理会。总统将密码钥匙插入控制台，弹开保护盖，按下了代表战争开始的红色按钮。

距离第二次发射：5 小时 1 分 30 秒

地球静止轨道　特里尼蒂 γ 空间站 2000 公里外

一颗波音公司制造的 INTELSAT（国际通信卫星组织）EpicNG 709MP 通信卫星收起太阳能板，在太空中悄然转向，使圆柱形结构的底端指向 2000 公里外的庞然大物。从这个角度观察，特里尼蒂 γ 空间站巨大的复合抛面集中器就像一堵漆黑的墙壁，遥远的视界边缘镀着一线金色阳光。

这颗“殉道者”攻击卫星已经锁定目标，激光瞄准器的光斑在特里尼蒂空间站控制室外壳部位闪烁了十万次，随着武器系统保护盖的熔毁，24 枚 SB-KKA 动能拦截弹显露出来。几秒钟后，“殉道者”激发了一级固体推进装药，蓝白相间的尾焰从卫星尾部喷射而出，所有导弹悄无声息地离开母体，以每秒 1 公里的相对速度射向目标。紧接着，弹体上的二级推进器启动了，矢量喷射口向不同方向偏转，24 枚导弹如花瓣般散开，化为三个攻击梯队，迅速提升至 14 公里每秒的惊人速度。固体推进器很快烧蚀殆尽，余下的动能战斗部是一块 170 公斤重的实心钨合金锥体，它击中目标时能够释放 5.6 吨 TNT 当量的能量，足够把一栋大楼从地面上抹去，当然更能轻易撕开太空站那纤薄的合金外壳。

为了尽量减少太空战产生的爆炸碎片，“殉道者”并未装备炸药武器，但除了 24 枚动能导弹之外，它还有更强大的攻击手段。攻击卫星的所有推进器开始加速，助推焰照亮逐渐崩解的圆柱形结构体，纤细而强韧的碳纳米管绳索将飞离母体的金属部件连接起来，当加速结束时，它将化为一张 5 公里直径的大网，将侥幸躲过第一波攻击的目标包裹起来，拽向不可逆转的失速坠落轨道——当然在其悲壮的名称背后还有另一重意义：太空战爆发后，美国会在必要时使用“殉道者”作为碎片收集器，避免密布在静止轨道的通信和军事卫星遭到太空垃圾波及。

动能弹飞速穿越黑暗的空间，留给特里尼蒂空间站的时间只有 2 分钟。

空间站控制室内，肖点亮通信系统，对两名伙伴简短说道：

“这个时刻到来了，祝你们好运。”

“好运，伙计。”

“你也一样。”

γ 空间站的主控电脑上运行着一个第三方程序，由肖亲自编写并利用系统漏洞植入的自主防御程序。复合抛面集中器外缘亮起一串红色信号灯，隐藏在防辐射板背后的透镜系统显露出来，像数百个窥探着深空的眼睛。主电脑花去 2 秒钟的时间进行逐元计算，将目标锁定，发出拦截请求。肖扶正眼镜，点击自动防御模式按钮。

40 厘米直径的光斑凝聚在第一枚动能弹上，钨合金转瞬间升华，分子向太空四散逃逸。紧接着是第二、第三、第四束激光，每个光斑都笼罩了一枚弹头，这是特里尼蒂太空站的陨石防御系统在高效工作。为保证抛面集中器不被小陨石和太空垃圾伤害，三个太空站都装备了激光防御系统，由光泵浦固体激光器提供的能量可以尽情挥霍，防御激光的能量很高，若集中射击，足够将数十吨重的物体瞬间消灭。肖所做的只是破解防御系统的目标甄别，提高响应速度和瞄准并发数，将功能单一的自我防御措施转化为强大的自动化武器。

肖面无表情地盯着屏幕，看代表目标的红点一个一个消失。另一个屏幕上，他锁定了在攻击卫星发射动能弹同时刻进行变轨的中低轨道卫星。“还是露出马脚了吧，美国佬。”他低声自语，点触屏幕，发出攻击指令。

3 万公里之下，一颗伪装成海事通信卫星的“雷鹰”攻击卫

星正从特里尼蒂 γ 空间站的投影点附近掠过，它刚刚瞄准目标，即将激活化学氧碘激光器发动攻击。这种化学激光短时间照射的强度不足以熔化空间站的防辐射外壳，但能够烧毁所有裸露在外的镜头、探测器乃至所有电子设备。若集合多台“雷鹰”集中照射，则完全有可能凿穿空间站的外层防护。

可这没来得及发生。来自特里尼蒂的激光束率先降临，脆弱的卫星立刻失去功能，接着化为青烟。同一时间，附近的其他几颗“雷鹰”也被光斑笼罩，激光在太空传播几乎没有衰减，特里尼蒂的力量没有任何人造物体可以抗衡。

这时 24 枚动能弹已被全部清除，屏幕上却多出密密麻麻的红色标记，那是“殉道者”大网的上千个金属节点。肖陷入短暂的犹豫，从他的角度没办法判断这些目标究竟是什么东西，那既可能是集束炸弹，也可能是金属诱饵。目标飞行的速度较慢，他在 30 秒后做出决定：攻击！

100 束激光同时射击，那些来自攻击卫星的金属板、曲轴、电机和导轨被高温升华，大网却没有破碎，碳纳米管绳索在应力拉扯下猛然收紧，网开始旋转，如某种海底生物般摇曳着扑来。肖按下按钮，开始第二次、第三次射击，每次射击都只让屏幕上的红点减少一部分，那些目标却纠缠交错得愈加紧密，密度不断提高，最终凝聚在一起化为一个红色斑点。

“……糟了！”肖猛然醒悟那可能是什么东西，也明白以每次 100 个目标的攻击频率，已经来不及将对方消灭。他没时间重新输入指令进行大规模照射，所能做的只有冲着通信频道里大吼一声："是网！不要射击那张网！否则……"

"轰！"

收缩成一团的卫星残骸与太空站控制舱发生猛烈撞击，如同炮弹般击中舱壁的，是相对速度 8 公里每秒、总重量 1.5 吨的沉重钢铁。

距离第二次发射：4小时30分0秒

美国新墨西哥州奥特罗县　特里尼蒂 α 地面站

一支由 4 辆黑色雪佛兰 Suburban 全尺寸 SUV 组成的车队沿着 54 号公路南下，车门上有金色三角形的公司纹章，尽管不到下午 4 点，车队还是得打开大灯照亮道路。前方出现美军的临时检查站，车队减速停止在横杆前，头车玻璃缓缓降下，一名美军士兵向穿着黑西装的中年驾驶员敬礼："前面是临时军事管制区，禁止通行，先生。"

"我是国土安全部紧急事务总署副署长查尔斯·唐，这是我的证件。"驾驶员摘下墨镜，展开钱包展示工作证和徽章，"我旁边的人是特里尼蒂公司应急处置小组的负责人，我们接到命令前往特里尼蒂 α 地面站执行紧急任务，你可以向华盛顿核实，士兵。

现在。”

那名美军士兵检查证件后交还，开始用对讲机联系上级。查尔斯·唐活动一下脖颈，通过后视镜观察后方。天空是铅灰色的，一束巨大而缓慢膨胀着的烟柱占据整个视野，从这个角度看不到燃烧的阿拉莫戈多，却依然能从温热、干燥、带着焦煳味道的空气中感觉到火焰的热力。

“真可怕。”身旁戴黑色鸭舌帽的男人说，他的帽子上也有金色的三角形标志。

“谁说不是呢。”查尔斯应道，他点触车辆中控屏切换到电视模式，CNN新闻台正在播放罗马教宗的演说画面。

戴鸭舌帽的男人说：“你知道我不太相信宗教。”

“我也是。”麦尔斯切换频道，CBS电视台在播放民间天文爱好者刚刚拍摄到的画面：繁星灿烂的背景中有一片深邃的黑暗，几条弧形亮线勾勒出特里尼蒂太空站的轮廓，微小火花在黑暗中不断闪现。新闻主持人说：“我们看不清细节，但相信我，有些事情正在上面发生。5分钟前密歇根大学太空科研计划的带头人之一格林菲尔德教授答应接受记者采访，现在我们进行连线……”

这时美军士兵回到雪佛兰SUV旁边，立正敬礼：“没问题了，长官，前面可能很危险，请注意安全。”

“谢谢。可是从第四纪开始人类就时刻处在危险当中，不是吗？危险让我们变得强大，士兵。”查尔斯冲他点头致谢，升起玻璃。

士兵挥舞手臂，横杆抬起，4 辆 SUV 通过哨卡加速向前行驶，很快消失在烟雾弥漫的荒原。士兵望着南方，觉得这位在昏暗光线中戴着墨镜的联邦官员是个怪人，但身份核实没有问题，国土安全部给予这支车队最高的通行权限——无论他们要去特里尼蒂基地干什么。

距离第二次发射：4 小时 19 分 19 秒

大西洋上空　美国空军 AMC-XII 远程运输机编号 60-752A

耳机中响起运输机驾驶员的声音：“我们将于 4 小时后降落在西汉普顿的弗朗西斯·S.嘉伯雷斯基机场。一号储藏柜中有作战口粮，以及足够的咖啡、香烟和口香糖，请您自便，长官。”

巴塞罗缪博士站起来摇摇晃晃地走到储藏柜前，取出一盒麦克纽杜机制雪茄拆开点燃，深深吸了一口，喷出浓郁的烟雾。在总统的怒火平息之前他什么都做不了，不得不找个有害健康的方式来打发时间，即使医生说他的身体除了有机蔬菜之外什么都接受不了。幸好那位暴怒的大人物已经停止砸东西，白宫战略情报室安静下来，只剩下紧急信息提醒的单调蜂鸣声。

“说点什么。”总统坐在桌旁，胸膛起伏不定，左手抚摸着自己的右眼球。

他面前的众议院议长整张脸涨得通红："我说过了！特里尼蒂空间太阳能计划当年确实是我带头推动的，议案能够通过，是我们的一场大胜……但谁能预料到这样的情况出现！我知道特里尼蒂美国公司总裁和副总裁在哪，那个南方暴发户带着长头发的怪胎逃回新墨西哥去了，他的私人飞机应该就在圣塔菲机场！"

总统用指甲轻轻刮着假眼球表面，发出令人心悸的刺耳噪声："说点什么，除了推卸责任的话之外。"

议长抓起桌上唯一完好的玻璃杯，一口气喝下整杯矿泉水。"听着，我承认特里尼蒂计划的一些细节是你不知道的，但那对解决问题毫无帮助！要想让空间太阳能开发法案通过，必须跟少数党做出妥协，你知道那些能源巨鳄圈养的政客有多么难对付！……是的，特里尼蒂计划的最大发电量是对外公开值的8倍，满负荷运行的话，一个特里尼蒂α太空站就能承担起整个北美大陆的供电任务……"

"滚出去。"总统挥了挥手。议长将涌到嘴边的咒骂强行咽下，转身大踏步离开，开门时差点被一张摔坏的椅子绊倒。

信息屏幕上，太空司令部长官垂手肃立，他需要24小时才能组织起第二波有效攻击，而"太空怒火"计划没有任何一种装备能完美突破太阳能电站强大的主动防御系统。"如果代号'丁克'的天基电磁炮项目没有在三年前中止的话……"他谨慎选择着用词，"……第四期计划中的SNPC（天基中性粒子集束武器）也能够奏效！洛克希德·马丁公司正在对试验中的中性粒子炮做出作战效能评估，我想……"

“给我接中国和俄罗斯。”总统打断了他，站起来走到信息屏幕前，挥手关闭太空司令部的远程画面，整理一下凌乱的领带结。

“是的，长官。”

专线电话拨往大洋彼岸，两国国家领导人很快同意了可视电话请求。无须客套，总统明白对方早已从无数个情报管道了解到事情真相，发生在太空中的战争只持续了 5 分钟，但足以震惊世界上每一个有空间观测能力的国家。

“不明智的行为，但这次我们不会谴责。”中国领导人说，“共享情报，这很重要。”

美国总统说：“情报？我会尽我所能。美国会很快发动第二次攻击，现在到了展现太空战能力的时刻，明哲保身的政治哲学不适用，他们在威胁整个地球，威胁全人类！我要求中国和俄罗斯与美国太空军协同作战，共同发动攻击，彻底摧毁三个特里尼蒂太空站。”

俄罗斯领导人板着脸：“失败是你们的愚蠢导致的，俄罗斯不会步美国的后尘，我们的太空力量会在合适的时候出击。”

“第二炮兵早已进入作战状态，中国太空军已经准备就绪。但直至此时我们还不知道他们究竟想要什么，我猜贵国有些线索。”中国领导人说。

“联合国大会！我会共享视频。他们没有对你们提出同样的要求吗？这些疯子想要召开联合国大会紧急特别会议。”

俄罗斯领导人问：“以什么身份？联合国观察员？”

“我不知道。这个要求太过荒谬，我不会考虑它的可行性。”

中国领导人露出意味深长的微笑："小的时候，我爷爷经常对我说一句话——做啥都不能心急，心急吃不了热豆腐。你知道这句俗语是什么意思吗？意思是说，豆腐刚出锅，烫，你着急往嘴里一搁，就把嘴唇和舌头给烫坏了。你要等着，等豆腐外面变凉了，里面还热乎着，这时候吃，才好吃，又不烫。"

美国总统脸色阴沉："你的意思是？"

"中国不会主动出击，因为时机并未成熟。第二次发射是个未知数，中国会等到发射之后再做出决定。"

"什么？你们纵容恐怖分子……"

"如果美国发动你所说的第二次攻击，中国会全力加以配合。我保证。"中国领导人说，"如果你们剩余的攻击卫星还够用的话。"说完这席话之后，中国单方面终止了对话。

俄罗斯领导人则不留情面地回绝了："现在我们拥有世界上最强大的太空军备，不必跟在任何国家的屁股后面。再见。"

美国总统站在那儿，手指不住地轻轻颤抖，显示心中的愤怒已经到达极限。这时巴塞罗缪博士终于能抢占信息频道，大声说出他一直憋在心里的话："我是布兰登·巴塞罗缪，总统先生，我们还有另一种可行的方法，那就是心理战！只要发布联合国大会紧急特别会议的消息，对方就会同我们联系，我会使用心理暗示瓦解对方的战斗意志，使三个人之间的关系产生裂痕，乃至瓦解这个小小的三人联盟！我需要一个投影屏幕，用来播放插有暗示性颜色与形状的画面，另外在通话中插入暗示性混音的白噪声，我会根据三个人的行为分析学特征制订方案……"

“我正在想同样的事情，博士。”这次总统终于有所回应，但指令却下达给另一个部门，“杜克，让FBI开始讯问美国宇航员里克·威廉斯的父母，找出一切有价值的东西，不惜任何代价！”

“总统先生！”巴塞罗缪博士大声叫嚷着。

无人倾听。

距离第二次发射：1小时59分7秒

地球静止轨道　特里尼蒂β太空站控制室

“受损修复情况？”

“……75.4%。”

“复合抛面集中器的工作效能？”

“99.85%。”

“很好，将指向K34-D03的雷达转移到L07-D03角度。”

“已断开连接，工程机器人正在向坐标移动。”

“另外，要保证通信。”

“指令不明确。”

“我是说别让通信中断！”

“指令不明确。”

“……保障与其他特里尼蒂太空站间的激光通信线路！把所有试图靠近通信路径的人造物体击毁，这样说明白点了吗？”

“已设置警戒区域。”

“蠢货！”

“指令不明确。”

科蒂一边烦躁地跟主控电脑斗嘴，一边用敲打键盘将备用摄像头连接至系统中。在不久前的战斗中，β 太空站的火控系统漏算了一枚远程攻击卫星，那时两枚分处不同轨道的美国攻击卫星恰巧运动到同一坐标，太空站的激光打击消灭了高轨道的卫星，却遭到低轨道卫星的攻击。一束化学激光穿越 3.5 万公里的距离，聚焦在太空站底部，顷刻间烧坏了 β 站指向地球方向的摄像镜头、主无线电发射器和相控阵雷达。底部设备舱发生了一次小规模爆炸，一些金属碎片被冲击波推动击中抛面集中器，在以公里为尺度的庞大曲面上开了数十个小小的破洞。

作为胜利的代价，这根本不算什么。战斗结束后肖与威廉斯很快发来平安的信息，同时互相告诫：直至联合国大会紧急特别会议召开之前，危急状态都未解除，现在要尽快修理受损部件，提防可能到来的下一波攻势。威廉斯难得一脸严肃地说：“中国还没出手，要小心！我猜中国才是拥有世界上最强太空军事力量的国家，当我们喝着啤酒敲电脑设计攻击卫星图纸的时候，中国人早就用扳手和螺丝刀造出宇宙战舰来了！”当时科蒂勉强笑了笑，肖则没说什么，他的画面背景相当阴暗，看起来照明设备出了点问题。不过出于三个人之间的默契，科蒂与威廉斯并未追问

他 γ 空间站的损伤情况。

提示音嘀嘀作响，备用镜头连接成功，遥远的蓝色星球出现在显示屏上，科蒂推动控制拨杆，地球在眼前不断放大。坐标为（0，0）的情况下，镜头指向空间站的地面投影点：北非阿尔及利亚阿德拉尔省的沙漠地带。沙漠上空没有云层覆盖，但民用级别设备拍摄的画面开始模糊不清，只能勉强看到特里尼蒂 β 地面站中央的十字基准线。

“能提高清晰度吗？”

“正在进行快速插值运算。”

画面变得稍稍清楚，现在能分辨出圆形的激光接收矩阵、长方形的变电装置和月牙形的基地主建筑群。科蒂用指尖抚摸屏幕：“再提高一些！要到能看清人脸的程度，……可以吗？”

“无法完成。”

“能跟基地建立联系吗？使用预设的保密线路。”

“无法完成。无线电信号受到阻塞干扰。”

“如果……我对 β 地面发动攻击，可以精确到什么程度？”

“指令不明确。”

“……蠢货！”

科蒂愤怒地关闭了语音识别系统。她做了十二组腹式呼吸法与相应的庞达收束法，不停原地旋转，试着让自己的情绪逐渐稳定下来。瑜伽和冥想没起到什么作用，她冲到食品柜前吞下大把药片，把苦涩的药片咯嘣咯嘣嚼碎。

“没什么的，没什么的。”她对自己说，目光投向舷窗旁边的几张照片，胸口不断起伏，“没什么的，科蒂。很快就能结束了。”

距离第二次发射：0小时10分5秒

美国纽约西汉普顿　弗朗西斯·S.嘉伯雷斯基机场

夜幕已笼罩美国东海岸。AMC运输机的涡喷发动机声音震耳欲聋，布兰登·巴塞罗缪博士戴上黑色便帽、裹紧大衣走出机舱，通过舷梯来到地面。前来迎接的FBI高级探员看起来已经等待多时，他伸手与巴塞罗缪博士相握：“我不知道你为何特别要求降落在纽约，而不是华盛顿，博士。”这名光头的大块头探员脸上挤出微笑，“总统在白宫等你，不过命令并不是强制性的。车辆已经准备完毕，如果你需要亲自驾驶的话，这是钥匙、通行证和手枪……”

“不，你来开车，我们去曼哈顿。”

“我会通知长岛和纽约警察局开辟特别通道。具体地址是？”

“第一大道与东42街路口。”

两人钻进未曾熄火的黑色GMC牌SUV，高级探员驾车驶向机场外，博士在后排皱了皱眉头，驾驶员没有系上安全带，这是外勤探员的习惯，他们认为逃离车辆和快速拔枪比交通安全更重要——糟糕的习惯。

“我见过你一面，博士，在兰利的紧急事态处理课程上。”探员说，“对很多人来说，你是个很神奇的人。”

“你不这么认为吗？”巴塞罗缪博士随口应付着，打开笔记本，看着上面的红色倒数计时数字。10分钟之后，恐怖分子宣称的第二次攻击将在地球某处降临，而现在美国政府什么都没做，电视新闻里民间阴谋论分子和二流科幻作家在大放厥词，政府没有泄露恐怖威胁的详情，每个人都在猜测，这简直是一场虚假信息的狂欢。阿拉莫戈多毁灭视频的点击量已经超过3亿次，FOX宣称视频是假的，还找出棱镜项目的技术专家逐帧分析，收视率一时飙升至首位。

探员把窗户降下一条小缝，一边点燃嘴里的香烟，一边单手转动方向盘驶上快速路：“不，我是说，我不像其他人一样迷信。很多人会把你的书摆在床头当《圣经》一样崇拜，‘行为分析说旧约’，这挺滑稽不是吗，博士？”

“科学的极致是哲学，哲学的极致是宗教。”巴塞罗缪博士打开三位宇航员的简历，再一次浏览起来。莫甘娜·科蒂，35岁，出生于法国罗讷河口省港口小镇拉西约塔，幼年时去电影院看了一场有关外太空的纪录片，从此立志成为太空人。毕业于拉西约塔卢米埃尔纪念中学，法国国立高等航空太空学院地球信息科学专业硕士，欧洲图卢兹宇航中心特殊培训计划第20期优秀学员，执行“未来号”宇宙空间站任务3次，月球探索任务1次，评价优秀。素食主义者（不抗拒奶制品），业余马拉松选手，丧偶。她前夫是英国人，从事国际贸易工作，不坚定的环保主义者。

街上警灯闪烁，警察为FBI的GMC牌汽车开辟出一条通道，任黑色SUV开着警示灯呼啸而过。“所以我们去联合国总部做什么，博士？如果我没记错的话，白宫还是在华盛顿，没搬家呢。”探员从后视镜里瞅着后座的客人。

巴塞罗缪博士摘下眼镜揉揉眉心：“去等着事情发生，探员。事态已经不可避免，联合国大会紧急特别会议一定会召开，我没必要到白宫去，因为总统会过来。”他望着窗外，深夜纽约街头依然人流不减，人们怀揣梦想从全世界每一个角落跋涉至此，追寻着仅存在于美国电影里的美国梦。电视和网络里的新闻并不重要，社会像铁轨上笨重的货运火车，就算轨道被洪水淹没、刹车开始锁死车轮，还是能靠庞大的惯性继续前进。或许真到了世界毁灭的那一天，人们惦记的还是即将到账的年终奖金和街角烘焙店每天限量一百个的巧克力甜甜圈吧。

距离第二次发射：0小时0分10秒

地球静止轨道　特里尼蒂β太空站控制室

“没有通信，没有信号。联合国总部大楼楼顶没有图形文字或二维码。他们果然没做到。……威廉斯，我们真的要做吗？”

“没错，就是现在，科蒂。”

“……我知道了。”

第二次发射

阿尔及利亚阿德拉尔省　特里尼蒂β地面站

查奥·阿克宁小心翼翼地咀嚼着羊肉。基地里有两家餐厅，一家提供自助餐，另一家售卖摩洛哥风格的菜肴，厨师早在20小时前就已离开基地，但冷藏在冰箱里的番茄炖羊肉稍一加热就散发出诱人的香气——这是查奥最喜欢的菜，以前每次跟随父亲来到基地，都能吃到手抓饭、炖羊肉和冰激凌。

可此时他感觉在咀嚼一块油脂浸泡的软木，嘴里感觉不出滋味，滑腻的口感让他想要呕吐。现在并非吃晚饭的时间。他来到基地已经整整 8 个小时，此时餐厅钟表的时针指向凌晨 4 点。8 小时前查奥已经吃过一顿晚饭，跟陌生的父亲、母亲与几十个陌生男人一起，所有人都裸着身体，男孩不敢看他们，只好把视线投向桌面。

吃完饭他在公共休息室里打了个盹，然后被枪声惊醒。一支军队在进攻基地，很快被自动机枪和藏在围墙后面的狙击手打退，查奥迷迷糊糊听到大人们在讨论："下一波会有重武器吗？政府军应该还不会出动，但南部沙漠保安公司会动用阿尔及尔总部的坦克车。""那些老掉牙的T-90S吗？保安公司手头没有主动反应装甲，我用RPG就能打穿它！""不用担心，调动大型运载车把装甲部队运到这里，起码要花上 18 小时。到那时候增援就到了，再说天上的家伙们应该也搞定了一切。""那个孩子……""总之，先看这一次发射的结果吧，如果他们集结在提米蒙，那就一举两得了……"

查奥又睡了过去。今天发生的事情超出了他能承受的极限，以至于一切都变得模糊不清，如同午睡醒来之后即将忘却的梦。在一段浅而疲惫的睡眠之后，他再次被唤醒，裸体的父亲站在旁边轻轻拍打他的脑袋："来吧，查尼，我们去吃点夜宵，然后看个好玩的东西。"

"……我想睡觉，爸爸。"查奥坐起来嘟囔着。

"你不想看烟花吗？比 11 月 1 日（阿尔及利亚国庆节）更漂亮的烟花啊。"男人笑笑，拽着他走向摩洛哥餐厅。查奥踉跄向前，看父亲身上结实的肌肉随步伐晃动，好几处狰狞的伤疤嵌在背上，如眼睛般盯着他。他忍不住问：“爸爸，你们为什么不穿衣服啊？”

“因为衣服是没必要的东西。”男人回答，“1962 年美国出版了一本书，叫作《寂静的春天》，作者叫蕾切尔·卡逊。在她之前，没有人想过如果人类继续破坏自然的话地球会变成什么样子，那本书告诉我们，假如人类以万物之灵自居，不知节制地攫取自然，很快留给我们的就是一个没有鸟、蜜蜂和蝴蝶的荒芜世界。我们的组织在 1963 年成立，最初只是个小小的非营利组织，经过近百年的发展，现在成为这个地球上最有力量的环保团体之一。”

查奥想了想，说：“我还是不知道你们为什么不穿衣服。”

“啊哈，就要说到这里了。人最初是自然的一分子，但现在成为自然的敌人，我们需要解放自我回归自然，衣服、汽车、楼房、抽水马桶、电动剃须刀，都是在破坏自然的基础上制造出来的，我们使用的每 1 度电，就有 0.8 度是靠燃烧千百万年前的树木遗骸而产生的，地球正在崩溃，查尼，我们的地球母亲正在死亡。这一切必须得到纠正。”

“不穿衣服就能让地球活下去吗？”

“没有这么简单，但这是个好的出发点。”

“那么……我也要脱掉衣服吗，爸爸？”

“不，你不用。”男人停下脚步，回头看了他一眼，“因为你不是组织的成员。因为你的母亲……”

这句话只说了半截。他们走进餐厅，坐下来吃番茄炖羊肉和冰激凌，那些男人在喝马斯卡拉产的白葡萄酒，地上丢满了空瓶子，他们的口音千奇百怪，很多人不说法语，查奥听不懂他们的对话。母亲坐在男人当中，毫不在意地展示自己的胸部和大腿，查奥对此感觉羞愧，可不知为什么，这 8 个小时内母亲没有跟自己说一句话。这让他感觉很害怕，怕自己做错了什么，惹妈妈生气了。

“时间快到了。”忽然父亲站起来，用叉子敲敲酒杯吸引大家的视线，他指着墙上的大显示屏，屏幕一片漆黑，看不出在播映什么。“还有 10 秒钟，准备好看烟花了吗？”

“是的，阿克宁。”男人们纷纷倒满酒杯，紧盯屏幕。

几秒钟后，屏幕忽然亮了。像一个小小的花骨朵在夜里缓缓绽放，一团橙色的光出现了，面积和亮度不断增长，光团外围缠绕流动的粉红色线条，像是围绕花朵飞舞的流萤。“乌拉！”有人带头喊着，酒杯相碰发出乒乒乓乓的脆响，人们大口灌下白酒，用古怪的语言叫嚷。

查奥不知道自己在看什么。他瞧着那团光晕越来越亮，变得几乎无法直视，一条旋转的红线向上生长，仿佛花蕊向天空喷出血液。忽然基地外响起猛烈的风声，房子晃动起来，酒瓶在地板上弹跳，大家却早有准备地抓紧各自的酒杯，发出热烈欢呼。“爸爸……”查奥惊恐地叫着，猛然发现父亲满脸癫狂的神色，看起来完全是个陌生的男人。

查奥忽然弯下腰呕吐起来，将羊肉与冰激凌喷向地板。他将夜宵和晚饭都吐了出来，然后痛苦地干呕着，没有人注意到他，人们在光芒绚烂的屏幕前跳起舞来，有人举起冲锋枪向天花板砰砰射击。不知过了多久，查奥终于直起身子，用纸巾擦净嘴巴，他看到屏幕上的光晕已经缩小了，化为一团暗红色忽明忽暗的火，空气中多了一种焦煳的味道。

“查尼啊，你看到了吗？”父亲叫着，眼神望着墙壁外面的某个地方，“这就是人类必须付出的代价！我们比谁都希望重建秩序，保护自然，可若不经过惩戒，人类又怎能懂得其中的道理呢……”

“……爸爸，妈妈……”他站在狂欢的餐厅中央喃喃自语，屏幕上如木炭般发红发亮的，是被特里尼蒂 β 天空站的激光照射所毁灭的提米蒙。

千年历史的绿洲，因特里尼蒂项目而重新繁荣的小镇，拥有美丽红色砂岩旧城墙和繁华新居住区的沙漠城市，3.6 万人的家。1 分钟 30 秒的时间，提米蒙带着 3.6 万名沉睡的居民，安静地消失在世界地图上。

第二次发射后15分钟

美国纽约曼哈顿　联合国总部大楼

提米蒙被毁灭后 8 分钟，第一段视频被发布在阿尔及利亚的社交网络上，随后星火燎原般传遍世界。拍摄视频的是特里尼蒂 β 地面站的一名高级工程师，当时他在提米蒙小镇 7 公里外砂岩山上的观察站执勤，激光击中提米蒙的时候，他掏出手机记录了将近 80 秒的画面，将视频传上网络，紧接着被高热的冲击波吹下悬崖。视频的末尾他用阿拉伯语疯狂喊叫着，声音被呼啸的热浪所掩盖，电视台根据口型推断出工程师的最后遗言：

“大难，大难是什么？你怎能知道大难是什么？在那日，众人将似分散的飞蛾，山岳将似疏松的采绒。至于善功的分量较重者，将在满意的生活中；至于善功的分量较轻者，他的归宿是深坑。你怎能知道深坑里有什么？有烈火！”

文字在滔天烈焰的画面上流动，这是布兰登·巴塞罗缪看过最震撼人心的视频片段。深夜的联合国总部大楼一层接待厅人头攒动，但却寂静无声，所有人都抬起头观看壁挂电视中反复播放的视频，电话铃声丁零作响，办事员摘下听筒，电话那边响起同样的背景音，那是激光毁灭城市的滚滚雷鸣。

“巴塞罗缪博士。我听过您的名字。”这时一位 40 岁年纪的女士轻触巴塞罗缪博士的手臂，让他从灾难的画面中暂时解脱，

“我是美国常驻联合国代表黛米·怀特，有什么可以帮您的？”

“叫我布兰登。”巴塞罗缪博士摘下帽子，满怀感激地与对方握手，“这真是一场灾难。我是白宫紧急反恐小组的成员，我猜总统应该向你发出了提请召开联合国大会紧急特别会议的要求，关于会议的必要性，各常任理事国应该已有共识，会议召开只是时间问题。所以我以美国代表团成员的身份率先入场，做一些准备工作。”

怀特面露疑色：“特别会议？目前我还没有接到白宫的通知。”

“很快，怀特小姐。总统先生会做出正确的判断的。”

仿佛为了验证巴塞罗缪博士的预测，怀特的手机适时响了起来，她接通电话，听对方说了几句，然后通过指纹验证签署了一份电子文件。“您说得没错，博士，跟我来吧。”她点点头，递给巴塞罗缪博士一张临时出入卡，带他通过安全检查走向电梯，“总统和智囊团正在赶来的路上，您可以到秘书处大楼 17 层稍做休息，173B 房间的保密等级是最高的，请放心使用网络。”

“谢谢。”

“另外，等您的随从经过身份检查，会有人带领他与您会合。”

“随从？”

巴塞罗缪博士转过头，看送自己到达这里的那位光头 FBI 高级探员站在哨岗外，用那种略带嘲讽的古怪眼神盯着自己。“……当然，谢谢。”

屋门关闭，怀特急匆匆离去，巴塞罗缪博士坐在沙发上扫视173B房间，屋子有20平方米左右，透过大落地窗可以俯瞰静静流淌的纽约东河。他打开笔记本电脑连接信息终端，大量的新消息开始快速滚动，一则信息以红色字体标注：根据EuroNER的观测，袭击阿尔及利亚提米蒙的激光束持续了94秒时间，释放了0.9万至1.2万吨TNT当量的能量，相当于1945年降落在广岛的热核炸弹当量的一半。

另一条蓝色信息带有FBI最高保密级别的标签，巴塞罗缪博士轻轻点击，一个视频窗口弹出：在灯光明亮的审讯室里，一个老妇人斜靠在椅子上，看起来已经失去意识，数据显示她的心跳已非常微弱；隔壁另一间审讯室内，FBI的刑讯人员将一名中年男子的头颅固定在牵引架上，开启瞳孔激光投影仪，这种眼底投影能在短时间内向刑讯对象灌输大量符号化信息，迅速瓦解犯人的理智与心理防线，如同往密闭的玻璃瓶里大量灌水，靠冗余信息把想要获得的答案给挤出来。巴塞罗缪认出这名表情错乱、口吐白沫的男人，他是特里尼蒂美国公司总裁，一个依靠美国南部页岩油和天然气发家的能源巨头，也是在化石能源储量出现衰竭势头的时候，第一个跳出来支持空间太阳能计划的人。

“可悲！”巴塞罗缪博士关闭了视频窗口。忽然画面静止了，一切操作被锁定，终端转入视频会议模式，总统的面孔出现在屏幕中央，从画面背景判断他应该在凯迪拉克防弹车上，华盛顿到纽约的途中。

三名宇航员的图像依次浮现，肖的太空舱灯光暗淡，本人依旧严肃不语，威廉斯还是挂着微笑，科蒂依旧转着圈。

这次美国总统率先开口：“我下令中止无线电干扰，主动与你们联络。我对发生在阿尔及利亚的事件感到非常遗憾，你们不仅惹怒了地球上最强大的国家，甚至决意与全世界为敌。”

威廉斯轻松地回应：“我感同身受，长官。一方面，你因为浪费了纳税人的上千亿美元而压力沉重，这肯定是越战以来美国军事史上最大的挫败；一方面，我们毁掉的是非洲的某个三万人口的小镇，而不是迈阿密，不是波士顿，不是洛杉矶，不是卢普区的印度人聚居地。如果有下次竞选的话……”

“威廉斯！”科蒂忍不住出言提醒。

“啊抱歉。说正题，我们在等着好消息呢，长官。”

总统沉默了 20 秒，恰到好处的 20 秒，然后说：“美国作为常任理事国提出了召开会议的请求，等待其他国家和联合国秘书处的回应。”

威廉斯笑了起来：“谢谢，真是个好消息！接下来请别开启无线电干扰了，我们要在电视里看到这个消息。从现在开始，你们要通报紧急特别会议筹备的进度，我会开启 2 小时倒计时，每次进度更新，倒计时表都会重置，若没有最新消息，2 小时一到，第三次打击就会降临在地球上某个繁华的地方——这次可不会是小城市了，长官。”

“你是手握枪支的婴儿，孩子。”美国总统的表情忽然松弛下来，“你不知道在开一个多大的玩笑。后悔永远是来得及的，我可以签署总统令保证你们三人的安全。一艘‘海王星’飞船很快将进入同步转移轨道，你们可以乘坐飞船回到地球。欢迎会是不会有了，起码我能保证没人会向你们掷西红柿。”

“呵呵。”威廉斯咧嘴一笑，“真好笑，长官。那么就这样了，下次联络再见，别忘记倒计时。你们还有什么补充吗，伙计们？”

科蒂背对镜头摇了摇头，沉默的肖率先关闭了摄像头。三名宇航员的图像依次消失。

总统坐在舒适的皮座位上，用指甲嗒嗒敲打中控台，灰色的眼球里看不出多少愤怒。“问问中国人在干什么，俄罗斯人在干什么，还有欧洲人。”他说，“搞清楚他们有没有收到特里尼蒂的联络，给我一份阿尔及利亚事件的简报，让FBI从那几个人身上弄出点有用的东西来，通知太空司令部调集空间力量，命令第二、第三、第五、第六、第七舰队警戒，战略核潜艇进入战备巡航状态。……另外，谁能告诉我特里尼蒂地面站是什么情况？做点有用的事情吧！”

距离可能的第三次发射：1小时31分59秒

俄罗斯莫斯科市卢比扬卡广场2号楼　地下8层

肖平坐在冰冷的不锈钢椅子上，束缚带将他的身体牢牢捆住。伊万捋起他的袖子，用压脉带勒紧他的手腕，从旁边的冷藏柜里端出一个托盘放在桌上，撕开一次性注射器的包装，折断一个安瓿瓶，吸满淡蓝色的注射液，弹一弹针头排出空气，把针管里的液体注入肖平的静脉。

“针管里装的是什么？”肖平抬起头。

伊万丢掉注射器，慢慢放下卷起的衣袖：“针管里的是DLS，一种尚在试验阶段的神经元激活药品，与治疗抑郁症的多巴胺、拉莫三嗪功效类似，只是功效更强。药物会在 5 分钟后生效，你可能会感觉恶心、头晕、眼花，那是正常的副作用，因为从神经末梢传来的电信号被放大了。接下来，我会给你戴上头盔。”说着话，他伸手从空中拉下来一个半球形的银色头盔，“这个设备内部有 3 万根光纤维探针，它们会穿透你的头盖骨，截取大脑的神经电信号。到时候，我会将问题转化为光电信号传进大脑，你的大脑会自动调动海马体的记忆，产生相应的答案——并不需要你的同意。”

肖平低下头想了想，说：“即使我不愿意，还是会说出秘密，对吗？”

伊万回答："这就是俄罗斯的技术实力，位于世界前列的脑机接口技术。"

"这种技术没有用于临床医学，也就是说，它有很大的缺陷。"

"你很聪明。"伊万承认道，"即使在FSB，这种手段也是禁止使用的。神经探针会造成不可修复的脑部损伤，特别是对海马体的深度探测。运气好的话，你会失去一些记忆，或者丢掉嗅觉、味觉、视觉；运气不好的话，会死。"他搬一把椅子坐在对面，从衣兜里取出一个绿色针筒，"还有4分钟时间，而写出密码只需要10秒。这是神经元抑制药物，能够抵消DLS的功效，在DLS的脑血管浓度达到峰值之前注射，随时有效。"

肖平感觉到冰凉的液体在血管里奔涌，眼前的一切开始放大，放大，自己的声音变得非常遥远："我就想问问阿佳塔被带到哪儿去了。她是一个勤劳善良的好妻子，一位好母亲，虽然有语言障碍，身体也不太好……请别让她受到伤害。"

"她很好。等事情一结束，你们就可以回家，FSB会为你们申请一枚为祖国服务勋章。"

"……好。"

肖平张口喘气，觉得自己吸气的声音大得像火箭发动机。"……我没有其他的问题想问，只好奇一件事情，那就是我儿子究竟做了些什么。"他活动一下身体，问。

"半个小时前，他屠杀了非洲一座城市里的3万名无辜群众。"伊万木然地盯着他，"男女老少，一个不留。"

“为什么？”

“等到破解了他的电脑就能知道为什么了。我对恐怖分子的想法并不好奇。”

“我儿子没说什么？”

“什么都没说。”

“……我知道了。麻烦把我的手腕解开，我把密码写给你。”

伊万残缺的嘴角抽动一下。“很好。”他取出纸和笔放在桌上，“你知道在我面前玩花招是没有用的，在紧急事态之下，国家赋予我们最高级的自我处置权限，你的任何动作都会被视作威胁。我能用一百种办法杀死你，在一瞬间。”他走过来解除椅子上的束缚带，将纸和笔往前推了推。

肖平苦笑着活动一下手腕，拿起钢笔写字，他已看不清眼前的世界，心跳犹如雷鸣在耳边奏响，白炽灯亮得如同一轮太阳。“就这样吧。还有最后一件事情必须告诉你，有关我儿子的叛国行为……”他的声音越来越小。为听清他的话，伊万保持着警觉凑近一些，听老人喃喃自语：“……我是绝对不会承认的，我是俄罗斯联邦航天局运载火箭技术研究院的功勋科学家，我知道自己隐瞒了有害祖国的秘密。我有罪。可另一方面，我作为那个小兔崽子的爹，从他拉青屎的时候看着他慢慢长大的人，我敢说这世上没有比我更了解我儿子的人。我俩说话不多，有时候就着他奶奶包的饺子喝几杯伏特加，喝多了才能敞开来聊，我给他递根烟，他给我斟个酒，说几句话，就什么都懂了。我老肖没什么出息，搞了一辈子火箭燃料研究，我儿子比我争气多了，我和阿佳塔最骄傲的就是有这么个孩子，亲儿子。我不相信我儿子是恐怖分子，是杀人魔王，他要做啥，我不懂，也不想懂，我就知道他不是坏人，他干不出坏事儿来。……死也不相信！”

伊万吃了一惊。这时肖平猛地挥出右拳，伊万立刻向后跃出躲避，手已握住怀中格拉齐手枪的枪柄，却发现肖平是朝自己发动攻击。“噗”的一声闷响，肖平打中自己的上腹部，痛苦地弓起身体，腿上尚未解开的束缚带绷紧吱吱作响。

“你……”发问声尚未出口，伊万的视野被红光充满。他看到椅子上的老人化为一支剧烈燃烧的蜡烛，赤红烈焰从口鼻和耳朵中喷出，转瞬间席卷整个房间。痛苦只持续了几秒钟，人体来不及炭化就燃烧殆尽，火焰舔舐着钢铁的冷藏柜和水泥墙壁，让房间层层剥落。

肖平的体内藏着一个 350 毫升的玻璃胶囊，里面分两格存储着液态肼与过氧化氢，当脆弱的玻璃外壳破碎，强极性化合物肼与强氧化剂过氧化氢混合，产生高热的火焰。油状、剧毒的肼是一种已经被淘汰的液体火箭发动机燃料，而火箭发动机，是他最熟悉的领域。

自从发现儿子的秘密，他就趁胆囊手术的机会，让莫斯科国立谢东诺夫医院那位生死之交的医生朋友将玻璃胶囊植入自己体内。稍大的冲击力就会让脆弱的玻璃胶囊破碎，这位在良心与爱子之情间左右挣扎的父亲带着体内剧毒的火箭燃料，度过了危险而痛苦的 10 年。每逢日落便会袭来的腹痛时刻提醒他，是秉承对祖国的信念回归秩序，还是凭借父子之情做出一厢情愿的判断，这是个无解的问题，他所能做的，只有如此。

他是俄罗斯人，也是个中国人，当有一天他发现自己捡到的弃婴成长为那样的怪物，肖平决定成为一个罪人。无论从哪个概念上，他都只能烧尽自己，作为对万千牺牲者的赔礼。

距离可能的第三次发射：0小时57分23秒

美国新墨西哥州奥特罗县　特里尼蒂 α 地面站

夜色中 4 辆雪佛兰 Suburban SUV 组成的编队掠过一丛 1.5 米高的牧豆树。刹车灯亮起，车队停在特里尼蒂地面站银亮的围墙前，牧豆树下的沙漠角蜥观察到了这几个移动物体，它简单的大脑将目标判断为食谱范围之外的东西，于是不再关心，它更忧心的是体温问题。夜已经深了，空气却依然炎热，它在白天积蓄的体温迟迟不能散去，这显然对健康有害。反常的天气令角蜥感觉烦躁，它挪动身体，尽量把自己埋进凉爽的沙土之中。

“我们计划了那么多方案，一个也没用上。”戴墨镜的男人开门下车，向同伴抱怨，“美国政府果然是悠闲太久了，居然没有人对特里尼蒂地面基地加以控制，县警，陆战队，FBI，国土安全部，没有人。”

副驾驶座戴鸭舌帽的人应道："到现在为止，原试射计划所发布的疏散令仍然起效，很多救援阿拉莫戈多的消防车都被拦在警戒线外面——话说回来，消防队去了也没什么可做，除非他们想在岩浆上烤棉花糖。"

"好主意。岩浆烤热狗听起来也不错。"查尔斯·唐摘下墨镜，在门禁系统上刷卡，并进行虹膜验证。门开了，他跳上车，将SUV一直开到基地主楼前，使用同样的方式打开建筑物的滑动门。后面的车子上跳下十几名身穿蓝色工服的男人。"按计划来吧，把工蜂放出去，恢复自动武器系统，接管发电站，刘会告诉你们该怎么做。"他布置道。

戴鸭舌帽的男人丢掉帽子，打了个响指："很简单，给每栋建筑断电，按顺序打开备用电源，剩下的我来搞定。"这个亚洲人扎着一头黑色的小脏辫，看起来有点嬉皮，但作为特里尼蒂美国公司副总裁、首席技术官、能源集团顾问，没人敢轻视刘乾坤的意见。

雪佛兰SUV后备厢开启，四架侦察无人机嗡嗡起飞，人们四散进入基地，查尔斯与刘乾坤通过电梯到达主楼地下二层，在灯光明亮的主控制室里坐下来，分享一瓶哥顿牌杜松子酒。查尔斯喝下一口酒，敲一敲桌面："特里尼蒂总裁被逮捕了，还有里克·威廉斯的母亲，FBI不会轻饶他们的。"

刘乾坤满不在乎："不外乎自白剂那一套。这些人能够吐露的信息不值一提，而且他们——当然还有我们所有人——的意识深处埋设了心理炸弹，一旦超过某个刺激阈值，炸弹'嘭'地爆炸，人会瞬间陷入深度睡眠，直到催眠他们埋设炸弹的那个人亲自将催眠解除。”

查尔斯摆弄着墨镜：“你说整个计划成功的可能性究竟有多少？做到这一步，已经出乎我的意料了。”

“百分之百，或者零。笨蛋才相信概率，哥们儿。”刘乾坤嘴里咬着一次性纸杯，噼啪敲打着键盘，“对了，把电视打开，时间差不多了。看完这一段我就带人到圣塔菲去，应该刚刚好。”

距离可能的第三次发射：0小时5分48秒

美国纽约曼哈顿　联合国总部大楼

联合国大会厅的1800个席位已经坐满，更多的人还想挤进门来，秘书处工作人员在极力劝阻。以常驻联合国代表黛米·怀特为首的美国代表团占据了第一排的六个席位，布兰登·巴塞罗缪博士也在代表团中，美国总统和紧急应对小组成员则在秘书处大楼17层通过视频直播观看会议。由于是仓促召开的紧急特别会议，各国元首并未列席，美国总统出于姿态问题放弃了出席的想法。

联合国秘书长戴克斯·三浦宣布会议开始。这位日裔加拿大人一个小时前刚刚结束对古巴的访问回到纽约，他按照《联合国宪章》条款，宣布由过半数安理会理事国发起的联大紧急特别会议即刻召开。会议开始之前，秘书长要求美国分享相关情报，因为大多数与会国家对特里尼蒂事件并不了解。经过总统授权，怀特在大会厅的 200 寸投影屏幕上播放了特里尼蒂太空站同美国政府通信的影像资料——当然，有关美国总统发言的部分做了些技术处理。

会议厅乱成一锅粥，所有人都在拨打电话，二层平台的各媒体驻联合国记者冲向美国代表驻地想搞到原始视频资料。混乱持续了很久，直到美国人关闭无线电干扰，向特里尼蒂太空站发出通信请求。太空站很快做出回应，三名宇航员的面孔出现在高悬金色地球橄榄枝徽标的联合国大会厅中，特里尼蒂履行了诺言，倒数计时被重置为 2 小时。

由于本届联合国大会的主席、副主席暂时未能到场，主席台上只坐着秘书长三浦一个人，他面对镜头发言："我是戴克斯·三浦，这里是联合国总部联大会议厅。联合国大会紧急特别会议应约召开，但你们要了解到，并非联合国屈从于恐怖主义威胁，而是安理会理事国认为有必要与你们正式对话，寻找解决问题的途径。"

身穿轻便宇航服的美国宇航员微笑道："很高兴能够与全世界交流。我是里克·威廉斯，现在代表特里尼蒂发言，首先我们需要一个平等对话的身份，如果身上挂着恐怖分子的标签，就没法进行一场友好的谈话吧？麻烦看看你的右手边，先生。"

三浦望向自己的右边。主席台侧面是几排座席，那是联合国特别观察员席位。“……联合国观察员有权在联大发言，这点没有错，但以你们的立场，即使是以组织身份加入……”

“不，不是组织，而是实体。特里尼蒂正式申请以主权身份成为联合国观察员。”

三浦愣住了，会议厅响起嗡嗡议论声。

黛米·怀特大声道：“这是对《联合国宪章》的亵渎！美国无法容忍恐怖分子在联合国大会的无礼行为！”

会场里响起肖平静低沉的声音：“这是沟通的基本条件，我们不想威胁任何人，先前所做的一切只是为了换取平等的对话条件。对于那些必要的牺牲，我们感到非常抱歉。”

“将这些刽子手从太空逮捕送上断头台！”阿尔及利亚代表站起来挥舞拳头，“他们谋杀了3万名阿尔及利亚人与3000名法国人，其中包括2000多个孩子！”

“请肃静。”三浦开始维持秩序，“请肃静。宇航员先生们……根据章程，无法草率授予观察员身份，我建议先就特里尼蒂太空站对地球的威胁一事进行讨论。”

里克·威廉斯说：“《联合国宪章》可没对常驻观察员身份的认定进行规定，只赋予观察员在联合国大会发言与发起投票的权利而已。一直以来观察员身份审核是依照惯例进行的，这并不是拖延的借口吧，秘书长阁下。”

“但你们只是三名太空太阳能电站的宇航员，并不具有主体性。”

“很好，这正是我们要在全世界面前声明的事情呐。”

威廉斯举起一个塑料盒子，盒子上用马克笔潦草地写着“票箱”二字，他向镜头展示盒子是空的，盖上盒盖，然后将一张小纸片沿缝隙塞进去。特里尼蒂太空 β 站的莫甘娜·科蒂也做了同样的事情，不过她使用的是一个装曲奇饼的小铁盒。肖安静地面对镜头，没做什么。

“现在开始计票，麻烦大家监督。”威廉斯笑嘻嘻地打开盒子，展开那张对折的纸，纸上写着一行字：“特里尼蒂应该成为独立国家吗？请标记‘是’或‘否’”，下面写着“是”的地方打了个钩。同样，科蒂盒中的纸也勾选了“是”。

威廉斯清清嗓子，对联合国大会厅里的 2000 人和厅外的 70 亿人说：“公投已经结束，投票率 66.67%，得票率 100%，我们在此正式宣布以特里尼蒂 α 站、β 站、γ 站构成的太空领土为独立主权国家，命名为特里尼蒂共和国。我们愿意在平等、和平、友好的基础上与其他国家建立关系，进行经济领域的深层次合作，要知道，我们国家的太阳能资源……”

戴克斯·三浦忍不住打断了威廉斯的话，尽管明知这是不礼貌的行为：“抱歉，威廉斯先生。这是一个玩笑吗？”

威廉斯笑道：“不，你刚刚目睹了一个新国家的诞生，秘书长阁下——肖，该你了。”

肖用右手推一推玳瑁框眼镜，举起一张纸，开始沉静地诵读《特里尼蒂独立宣言》：

今日我们在此宣布独立，特里尼蒂全体国民发出一致的声音。

我们来自美洲、亚洲和欧洲，继承了东西方文明有关民主、和平、宽恕和奋进的美德，也因世界的狭窄、自闭、短视与懒惰而苦恼。站在更高的角度观察世界，我们发现在3.58万公里的轨道上不存在世俗纷争，每个人都能保持尊严。

我们是特里尼蒂，一个民主的、多民族的、平等的国家，我们秉承地球之子的权利与义务，珍爱人类的永恒家园，保持与所有友善国家的商业、文化、教育、医疗等方面的交流合作，为地球的安全、稳定、繁荣做出贡献。

我们遵从国际法原则，对所有平等主权国家报以善意，并期待各国家的支持与友谊。我们保证为地球提供清洁而高效的太阳能电力，帮助联合国安理会维护地区性与全球性的和平。

我们是特里尼蒂，地球之外的三人国家。今日我们在此宣布独立，此事项明确具体且不可撤销，应受法律约束，且受法律保护。——特里尼蒂共和国，国民别列斯托夫·平·肖、里克·威廉斯、莫甘娜·科蒂，共同签署。

“你好，世界。”（注：Hello, World。在屏幕上输出“Hello, world”是每一种计算机编程语言中最基本、最简单的程序，亦通常是初学者所编写的第一个程序。它还可以用来确定该语言的编译器、程序开发环境，以及运行环境是否已安装妥当。）

同步翻译器将每一句话送进人们耳中，肖结束诵读后，大厅内出现长达一分钟的沉默，每个国家的代表都在思考这则宣言背后的意义，许多人下意识低头看腕上手表，因为这个时刻注定被写入每一本历史书中。

打破沉默的是中国代表。“你们不具备建国的条件。”这名精神矍铄的老者站了起来，“你们在玩弄‘国家’这个概念！国家是拥有共享领土和政府的，拥有共同语言、文化和历史的人民群体，你们拥有基本的政治学概念吗？”

做出回答的依然是威廉斯。“国家的三个要素是领土、人民和政治权利，特里尼蒂拥有全部要素，我们拥有自己的领土——虽然实际上跟土地没什么关系——和领空，有三个热爱祖国的国民，有全世界最完善的民主制度，而且我可以保证我们会尽快搞一部宪法出来。”

“抗议！”英国代表站起来，“根据1967年生效的《外层空间条约》第三条‘不得据为己有原则’，任何国家或个人不得通过提出主权要求，使用、占领或以其他任何方式把外太空据为己有。你们在太空中所宣称的领土是无效的！”

威廉斯咧嘴一笑：“抗议驳回，律师先生！特里尼蒂的领土可不在太空，而是三个空间站所覆盖的物理范围。根据国际空间法，人造空间物体的控制权和管辖权归属于注册国，也就是说三个特里尼蒂太空站分别属于美国、俄国和法国领土，我们通过和平政变的方式改变了领土归属权而已。还有问题吗？下一个。”

秘书长三浦说：“你们是希望联合国大会就特里尼蒂建国问题进行投票吗？”

“你真是令人意外地缺乏常识呢，阁下。”威廉斯用手指指脚下的蔚蓝地球，“联合国大会怎么能干扰主权建立呢！就算特里尼蒂建国不符合国际法，也要海牙国际法庭审判才能认定。现在，我们只想以主权观察员的身份在联合国大会紧急特别会议发言而已。”

在一片骚动声中，秘书长与副秘书长、几位常任理事国代表短暂沟通了几句，接着做出决定：“好，特里尼蒂作为主权团体获得了本次紧急特别会议的观察员身份，会议结束时身份即随之撤销。我需要提醒的是，你们有发言权和提议权，但没有投票权。”

“谢谢！”威廉斯敬了个不太严肃的礼，笑嘻嘻地说，“我们不会发起投票的，因为街上的小鬼都知道联合国大会的决议是没有强制执行力的，只有安理会决议具有强制力。现在让我们开始对话吧。……科蒂，你要接棒吗？”

特里尼蒂 β 站的女宇航员犹豫地点了点头。“按下发射按钮毁灭提米蒙绿洲的是我。杀死 3 万多人的是我。”她垂下睫毛，轻轻咬着牙，“我有罪。但若有必要的话，我可以杀死更多人。如果你们和我一样从 3.58 万公里之外看地球，就会发现地球其实小得可怜，如果谋杀蚂蚁算有罪的话，你们人人都是魔鬼！特里尼蒂想要的，其实非常简单……”

她的话引起一阵喧哗，许多人站起来大声咒骂并向投影屏幕投掷鞋子，秘书长徒劳地敲着小锤。这个时候，布兰登·巴塞罗缪博士收到了一条保密信息，他开启笔记本的视网膜投影模式，只有本人看得到的信息浮现在眼前：“观测到 32 个人造星体异动，根据已确定的卫星资料，是中国与俄罗斯的攻击卫星发动攻击！另：探测到 12 枚导弹突破大气层的红外信号，据分析是中国华北、东北、西南三个导弹基地发射的‘东风49改’反卫星弹道导弹，NMD系统分析东风导弹的弹道不会重入大气层，已解除锁定。”

巴塞罗缪博士吃了一惊，转身看旁边，中国与俄罗斯代表也在责骂特里尼蒂的激愤人群当中，看不出表情有什么异样。他点击“东风49改”的链接，阅读详细说明：“‘东风49改’由‘东风49’战略弹道导弹增加3级助推器改装而成，是目前已知地基反卫星装备中唯一能威胁到2万公里以上轨道的武器，试射记录2.4万公里，预测最高攻击范围4万公里，战斗部载荷800公斤，常规弹头装备60颗高爆子母弹，核弹头总当量45万吨，受条约限制未列装。”

巴塞罗缪博士抬起头，仿佛透过联合国会议厅的穹顶，看到3.58万公里之外的深空即将盛开的金色焰火。

距离可能的第三次发射：1小时49分1秒（重置后）

俄罗斯莫斯科市卢比扬卡广场2号楼　地下8层

屋门开启，浓烟滚滚中冲入几个头戴防毒面具的士兵，他们将防毒面具扣在阿佳塔头上，架起老妇人向外冲去。楼宇里烟雾弥漫，干粉灭火器的白灰洒满地面，阿佳塔的挣扎毫无用处。士兵们拥着她登上一辆汽车，车子在宽阔的地下通道中行驶了十几分钟，经过几重戒备森严的门户，一个截然不同的世界出现在眼前，这里地面铺设着灰色耐磨树脂，LED自发光墙壁散发出柔和的白光，军人和白大褂的技术人员匆忙来去，等阿佳塔醒过神来，发现自己坐在一间四壁纯白的屋子里面，对面站着一位威仪的俄罗斯中将。

“我只有一个问题。”大胡子的中将端正地站着，“就目前掌握的资料无法解释别列斯托夫行动的动机，我们找到的诸多线索都是假消息，他与境外恐怖势力、宗教极端组织并没有什么关联，也找不到与中国方面的联系。阿佳塔，告诉我如果别列斯托夫是出于自身原因犯下反人类的罪行，那么，那个原因是什么？”

老妇人坐在那里，一言不发。

中将没有说什么。他做了个手势，房间的三面墙壁变得透明，阿佳塔惊愕地环顾四周，发觉相邻房间的墙壁和天花板、地板也在逐渐消失，她正坐在一个庞大空间中央的玻璃盒子里面，数以百计的信息终端上面，无数显示屏流动着令人眼花缭乱的数字信息。她望向其中一个屏幕，伺服系统捕捉到她的视线，将显示屏上的画面投射到小屋墙壁，一座高耸入云的山峰出现在眼前，风雪迎面扑来，让阿佳塔情不自禁打了个寒战。屏幕上的坐标她看不懂，不过下面有文字滚动：中西伯利亚高原萨彦岭蒙库–萨尔德克山，海拔3450米，气温零下19摄氏度，特里尼蒂γ地面站。

中将做了个手势，画面旋转起来，山顶正八角形的银色建筑物在风雪中矗立，一条蜿蜒的道路沿着山脊深入谷底，但中间的大片山脊崩塌了，如同折断的巨龙脊梁。“几个小时前侵入特里尼蒂地面站的恐怖分子炸断了唯一的道路，拒绝通话，但没有损坏输电设施。”中将说。

阿佳塔惊慌地站起来，望向另一个方向。墙壁忽然变得漆黑，璀璨星空在眼前铺展开来，爆炸的光芒耀得人眼睛发花。中将说：“俄罗斯的太空力量正与中国太空军联合发动攻击，这是全世界太空战的主要战斗力了，从目前来看战况并不乐观。”

阿佳塔跌坐在椅子上，眼睛一眨，一个布满仪器的庞大实验室浮现在天花板。“以罗蒙诺索夫超级计算机为首，我国十二台超级计算机组成的并联计算系统正在破解别列斯托夫个人电脑的密码，我们已经破解出一部分文件，但关键文件使用了更复杂的加密算法，即使以国内最强的演算能力，运气好的话起码还要两个小时才能得到结果，运气不好的话……可能要花上几天时间。”中将说，“您看到了。整个国家为了一个人而陷入紧急状态，祖国正在面临严峻的考验。而那个人，就是别列斯托夫，您的儿子。我不奢求什么情报，只想得到一个合理的答案。……为什么？”

眼泪从阿佳塔脸上滴落，她用衣袖揩着眼泪，嘴巴一开一合，尽管发不出声音，口型识别系统还是自动翻译出她想说的话：“我真的都不知道，我不知道我的儿子是这样可怕的人。他从小就很自闭，不可能跟人说出交心的话。记得他高中毕业时第一回喝酒喝多了，回家就吐了，不肯睡，哭着说世界不公平，无论何时都是富人欺负穷人，强者欺负弱者，人和人总是要分等级。我知道他有两个从小到大的好朋友，其中一个是巴基斯坦技术专家的孩子，一直受到新纳粹集团的欺凌，后来自杀了；另一个好友性格也很奇怪，长大后当了医生，但一直说世界毁灭什么的话题……我儿子并非坏人，他只是极端希望世界的公平……”

“平等？”中将倾听着老人的哭告，若有所思地低下头，“……仅仅是为了这个幼稚的理由？”

几十朵小小的花儿同时绽放在星空，屋里的光线亮了又暗了，中将知道那是中国方面的5颗“东风49改”释放的分导弹头遭到了激光拦截。这次攻击的导弹和自杀卫星全部被特里尼蒂太空站的防御激光击毁，与此前美国人尝试的结果完全相同，这是一次史无前例的饱和攻击，同一时刻有超过200枚制导弹头、动能武器和自杀卫星集中在同一片空域。但画面上那片黑色阴影岿然不动，只有武器自爆的光芒不断闪烁，特里尼蒂太空站像雄踞于人类头顶的奥林匹斯宫殿，用雷电轻描淡写击溃美国、俄罗斯和中国暗自经营数十年、各自引以为豪的太空力量。

与此同时，爆炸产生的碎片已经击毁了60颗静止轨道通信卫星和更多的低轨道卫星，灾难性的连锁反应正在发生，全球卫星通信能力已经锐减了50%，频段还在一个接一个减少中。

站在俄罗斯联邦战略通信情报指挥中心里，中将明白现在并不是审讯相关人士的时候，旁边房间里的总统、总理和总参谋长正急切寻找着第二套方案，能够在危机中拯救祖国的最后方案。可他依然没有动，站在那里听着阿佳塔的絮絮自语与断断续续的啜泣声。

距离可能的第三次发射：0小时40分11秒（重置后）

美国新墨西哥州圣塔菲市　州政府大楼

两辆黑色雪佛兰SUV停在西班牙风格的四层建筑物门口，灯光熄灭，发动机却还嗡嗡作响。夜色中平凡无奇的砖红色建筑物就是新墨西哥州州政府大楼，此时已接近午夜零点，大厅里只有一名睡眼惺忪的保安。戴鸭舌帽的男人向他打了个招呼，带着6名特里尼蒂员工乘电梯到达四层，推开州长办公室的门。新墨西哥州州长正坐在办公桌后看电视，一双大脚高高翘在桌上.“……是你？”看见来客的样貌，州长收回腿站了起来，伸手表示迎接。

刘乾坤摘掉鸭舌帽，甩一甩小辫子，大大咧咧坐在桌子对面：“瞧，终于到了履行承诺的时候。”

“我没想到这种事情真的会发生。”州长走到小酒吧，给自己和来客各倒了一杯威士忌，“Jim Beam波旁酒，不加冰。我们都需要冷静一下。”

刘乾坤跷起二郎腿，摆了个舒服的姿势，接过酒喝了一口：“好，我很冷静了。你做好准备了吗？”

州长整理一下领带结，显得有点犹豫：“我不确定……现在联合国会议还没开完，他们也还没宣布那件事情。”

“很快，很快。”刘乾坤说，“我让人在四层会议室架好直播设备和卫星天线，随时可以开始直播。另外，你在旁边屋子埋伏了几名保安，这样很不好哦，信任是合作的第一前提，你要与特里尼蒂彼此信任才对。”

“噗、噗！”几声轻响后，隔壁秘书室里传来沉重的倒地声。州长面色还是很镇定，端起酒杯摇晃着金黄色的液体：“抱歉，那是程序配备而已。从几年前竞选的时候起我就对特里尼蒂非常信赖，相信未来我们还可以良好地合作下去。”

刘乾坤笑道：“当然，你要付出的非常少，只是在电视里露个面而已，我用CG可以做到同样的事情，但你明天的公开演讲也很重要。毕竟是个新的开始呢，干杯。”

“干杯。”

两人喝下杯中酒，一齐转头看电视，NBC电视台正在直播联合国大会紧急特别会议。当然，这个星球上的所有电视台都在播放同样的画面，从一个多小时前开始。

距离可能的第三次发射：0小时25分1秒（重置后）

美国纽约曼哈顿　联合国总部大楼

中国与俄罗斯毫无征兆的突袭使得通信中断了近一个小时。特里尼蒂的影像突然消失，这让联合国大会厅陷入一阵混乱，技术人员找不出原因，直到20多分钟后中国代表团公开发表这次太空军事行动的情报。当然，中国人先抛出来的是美国太空军进攻失败的画面。与会的194个会员国震惊地发现美国、中国、俄罗斯拥有强大的太空军事力量，但无法谴责这三个国家违反《外层空间条约》，因为这些太空军事力量在很短的时间内都被特里尼蒂所毁灭。

特里尼蒂太空站的激光防御系统无懈可击，只有几束俄罗斯卫星发射的化学激光击中太空站，暂时损坏了特里尼蒂的通信系统。里克·威廉斯传来一段嬉皮笑脸的视频，说三个人都毫发无伤，很快就可以修复损伤恢复全面通信："全地球无耻的人们，待会儿见。"

在愤怒、屈辱而无计可施的半个小时之后，大会厅再次安静下来，投影屏幕上出现三名宇航员的脸。秘书长三浦开门见山地问："特里尼蒂，你们究竟想要什么？刚才联大已经达成协议，在进行对话期间不会再有国家对你们发动攻击，贵方可以放心。"

“我们想要的很多，也很少。”威廉斯说，“科蒂，你先来。”

科蒂做了个深呼吸，拿出一份讲稿念道：“你们正在毁掉地球，化石能源马上就要枯竭，可没人承认这一点，能源巨头装出一副满不在乎的样子，一边宣称石油储量还够用一百年，一边用物理和化学方法把地壳更深处的原油挤出来，尽管明知这会造成地壳塌陷、地震和海啸。美国花 15 年时间就开采完了境内的页岩油和页岩气，采用的高压分段压裂技术对地质结构造成了不可逆转的伤害，可所有的报告书都对此避而不谈。

“你们四处兴建损害生态环境的水电站，把风力发电机修满高原，任凭风电攫取季风的能量，一点一点改变着大气环流的形态，你们一面盖起核电站，一面把核废料沉向海底。空间太阳能发电，特里尼蒂项目毫无疑问是整个人类的希望，但看看你们手上的资料，里面写了什么？特里尼蒂空间太阳能电站的装机容量可满足全球用电量的 15%……谎话连篇！特里尼蒂项目是新能源与传统能源巨头的一场博弈，是妥协的畸形产物，设计太空站图纸的几位科学家知道真相，但他们一个接一个死于‘意外’，复合抛面集中器的光效率被人为修改了，在所有资料中，特里尼蒂的发电量都被降低到标准的八分之一。若不是在太空站主控电脑中发现并破解了原始设计文件，我们也不会得知这个秘密……没错，他们想让特里尼蒂在低负荷状态下长期运行，适度地替代传统能源的发电量，直到他们把地壳中仅剩的石油换成美元为止。

“是的，特里尼蒂能够为全球提供电力！地球可以获得绝对清洁而高效的太阳能，不必付出环境与资源的代价！我要求地球停止其他各种发电方式，由特里尼蒂供给太阳能电力。”

混乱的风暴再度升起，里克·威廉斯没有等待骚动平息，继续说道：“你们的好牌用完了，所以不得不听我们的话，对吧？中国人的导弹很可怕，一定把美国人吓了一跳。那么我接着说下去：科蒂是一位可敬的环保主义者，我可不是。我不太在乎环境什么的，毕竟人类才是地球的主宰，改造自然是我们的生活方式——我是个非常胆小的人，你瞧，就算在太空站里，我也要以地球为方向找到合适的姿势才能睡着，毕竟我们从猴子开始在地球上住了几百万年，绝对离不开这个蓝色的大水球呢。

“我是个太空人，这可不是什么美国梦的体现，我其实最怕太空了。应该说，我最怕的是外星人，我相信外星人，所以害怕它们，怕它们像乔治·威尔斯的《世界大战》一样来到地球消灭我们，怕它们像《独立日》一样征服我们，像《第九区》一样污染我们，像《三体》一样控制我们，我知道这听起来很蠢，但仔细想想，这比新纳粹主义者发动第三次世界大战还要现实！

“在电池没电之前，旅行者1号已经飞了200多亿公里，它还会一直飞下去，直到变成一堆废铁，或者被该死的外星人找到！你们是否想到，从能够使用无线电的时代开始地球一直在向外发射‘来找我吧，来找我吧’的无线电信号，这些信号已经形成了一个直径100光年的大泡泡，不停扩大，不停扩大！疯狂的科学家们开始用强大的射电望远镜向其他恒星发射信号，无数人每天使用个人电脑分析数据搜寻外星人可能存在的证据，地外文明，该死的地外文明！

“你们可以叫我‘人类沙文主义者’，我热爱人类，热爱这美好的且唯一的地球，不愿任何遥远太空的虫子来打扰人类在美好且唯一的地球上的生活。我要求地球立刻停止任何太空探测活动，不再发射探测器和射电电波，专注于科技进步与经济发展，要知道，对于区区几十亿人来说，地球就足够了！”

喧哗声浪几乎冲破联大会议厅的穹顶，秘书长三浦咚咚敲着小锤，画面中央的肖右手推推玳瑁框眼镜，缓缓开口：“我对‘国家’这个概念厌恶透顶，我是俄罗斯人，但从基因序列上来说，我应当是中国人，我不知道自己到底是什么地方人，因为从没见过我的亲生父母。

“没错，国家是强加于身上的枷锁，生活在国家中的大多数人既不与你发生联系，也不需要被你爱、憎恨、给予和掠夺。对我来说，平等是最重要的事情，我希望这是家庭之间的平等，关系群体之间的平等，创造力意义上的平等，也就是说，我要创造出一种新的社会结构，重新分配地球上的重要资源。

“在第一个阶段，我要求消除国家结构，以技术集团为核心，按照地域特征分化出独立城邦。城市文明应该是独立的、自由的，而在最重要的能源——电力——由特里尼蒂独家供给的前提下，技术应当成为城邦文明之间的等价交换物。城邦之间的地位是平等的，经济行为依托于技术发现；城邦内人们的地位是平等的，不再有集权者和被专制者，人人都是城邦技术集合体的组成部分。国家解散之后，军队将成为独立城邦，一个基地，一支舰队，一群坦克，军队城邦将以军事实力为交换物，向全世界城邦出售安全保证。

“联合国将以崭新的形式运行，负责统筹全世界城邦，维持全球经济平稳，而世界范围内的和平将由特里尼蒂来保证，特里尼蒂的激光炮将降落在所有发动侵略战争、反对特里尼蒂及城邦制度的区域，我想这二十多个小时内发生的事情已经证明特里尼蒂的军事实力。

“以上，就是特里尼蒂对地球上所有国家发出的宣言，如果能够摒弃老旧的观念，放开怀抱迎接新生事物，我们相信在特里尼蒂的保护下，地球一定会变成一个更好的地方，获得一个更文明、更安全、更先进、更幸福的未来。

“这是最后一次倒计时归零，我们将进行第三次、第四次、第五次发射，……直到地球交出令人满意的答卷为止。再见，世界。”

挤满 2000 人的联合国大会厅陷入歇斯底里的疯狂。

这时布兰登·巴塞罗缪博士正在奋力挤出人群，为了穿过人墙离开会议厅，他不得不抡起手提电脑打晕了两个大喊大叫的印度人，跌跌撞撞冲出大厅。2 分钟后，他出现在秘书处大楼 17 层，总统正在等他。

“请坐，博士。”总统在圆桌那头抬起头来，用空洞的眼眶望着他。巴塞罗缪博士悚然一惊，尽量不去看总统手中灰蓝的玻璃眼球，他坐下来打开电脑，转过屏幕向圆桌旁的小组成员展示：“这是我的分析结果，总统先生。事到如今，进行心理战的最佳时机已经错过，但还有尝试的价值。如果允许的话，我现在就着手准备，只要在通信中加入必要的……”

“不，另一件事。”总统将眼球用力塞回眼眶，转动着一对灰色眼睛扫视副总统、国防部长等一众大人物，最后视线落在巴塞罗缪博士身上，“告诉我，在只能杀死一个人的前提下，杀掉三个人当中的哪个才能让特里尼蒂整体崩溃？”

巴塞罗缪博士愣住了：“为什么是一个人？”

“答案，博士，答案。”总统重复道。

国防部长出言解释：“我们刚刚得知还有最后的手段，能够确保毁灭三个特里尼蒂空间站中的一个，虽然消灭美国本土上空的 α 站是看似最合理的选择，但NASA专家说剩余的两个空间站也可以使用光压作为推动力完成变轨，在变轨后继续威胁美国本土，因为两个空间站就能覆盖地球百分之九十以上的可居住范围。因此，我们迫切需要你的建议。”

巴塞罗缪博士思忖片刻，说：“三个人组成的小团体要形成稳固结构，其中一定有一名主要人格担任领袖角色，就是我们常说的头狼。如果将领袖杀死，会对整个团体造成毁灭性打击，从属人格的判断力、行动力将严重下降，甚至走向心理崩溃。……经过这段时间的研究和观察，我心中已经有了一些判断，总统先生。”

他望着屏幕上的三张相片。黑发的别列斯托夫·平·肖戴着玳瑁框眼镜，表情冷漠。金发的莫甘娜·科蒂有着小麦般的肤色，总是面带微笑。亚麻色头发的里克·威廉斯咧嘴大笑，牙齿闪亮。俄罗斯人，法国人，美国人。男人，女人，男人。

“是他。”巴塞罗缪博士的手指落在其中一张脸孔上，“如果只能杀死一个人的话，这是唯一正确的选择。”

距离第三次发射：1小时50分14秒

地月拉格朗日点L1，距离地球32.3万公里

ILSS（国际探月空间站）是一个外环直径3公里、内环直径150米的同心圆环状人造星体，它静静地悬浮在地月拉格朗日点，数十台姿态调整发动机不断喷出气体以维持位置稳定。ILSS是12年前由美国国家航空航天局、中国国家航天局、俄罗斯联邦航天局、欧洲航天局和日本宇宙航空研究开发机构共同开发建设的，作为月球探测的中继基地存在。十几个小时前刚刚有一艘运行在L1晕轨道（围绕拉格朗日点的平动轨道）的货运飞船与太空站成功完成对接，但随着特里尼蒂事件的升级，地面站的指令中断了，ILSS上的25名宇航员聚集在主舱室焦急等待着来自地球的消息。

联系中断9小时后，地面控制中心终于发来通信请求，绿灯刚刚闪烁起来，探月空间站站长就立刻点亮麦克风：“休斯敦？休斯敦？”这位英国宇航员在ILSS连续工作了两年零四个月，预

定乘坐这艘货运飞船回到地球，此时情绪忍不住激动起来。

“ILSS，这里是莫斯科‘星城’航天指挥控制中心。”

“莫斯科，莫斯科，这里是ILSS，地球到底出了什么问题？我们想尽办法取得联系，可休斯敦一直没有回应……”

“ILSS，启动紧急代码ANEEL5591ED，重复，启动紧急代码ANEEL5591ED。完毕。”留下简短的信息，地面控制中心结束了通信。

“莫斯科！这不是有效的国际通用指令，我不明白……”英国人攥着麦克风大声呼喊，这时后脑勺忽然传来冰凉的触感，他转过头，发现一支泰瑟枪正瞄准自己的眼睛。

几名宇航员脱离固定位置集中在一起，从便服下面掏出泰瑟枪。“ILSS空间站的宇航员们，我代表祖国发出声明：从现在起俄罗斯将对ILSS空间站进行全面接管，你们会被禁锢于D2居住舱，直到莫斯科发布解除紧急状态的代码。任何不配合的行为……”一名俄罗斯宇航员大声宣布。他话还没有说完，一个大块头的美国人用力一蹬墙壁，挥舞着维修扳手从人群中射出来。

俄罗斯宇航员左手攥住固定横杆，右手扣动扳机，“啪啪！”轻微的击发声响起，银色电击弹嵌入皮肤，美国人浑身剧烈抽搐起来，双眼翻白。俄罗斯人没有对擦肩而过的人体伸出援手，“咚！”失去意识的美国宇航员重重撞上舱壁，手脚扭曲成不可思议的形状，鼻子喷出鲜血，化为一串血珠飘起。

“……任何不配合的行为都会落得如此下场。”俄罗斯人完成了演讲，扫视舱室，剩余的宇航员脸上充满不解、愤怒和恐惧，但没有人再反抗。两名俄罗斯宇航员押送他们前往D2舱室，主舱室很快变得空旷起来。发表讲话的俄罗斯人来到控制台前，熟练地输入128位复合密码，接着掏出一把卡片钥匙插进读卡器："莫斯科，莫斯科，紧急处置已经完成，申请进入发射模式。"

32万公里之外的声音延迟1秒后响起："收到，正在确认。休斯敦密钥确认。北京密钥确认。莫斯科密钥确认。射击参数已输入，请进行射击诸元演算与校准。……祖国和人民感谢你们。祝你们好运。"

"收到，莫斯科。完毕。"

舱内的俄罗斯宇航员一齐肃立，向遥远的祖国大地敬礼。随着四个密钥输入完毕，ILSS的主控电脑开始对一个空间坐标进行射击演算，整个空间站的电池开始全负荷工作，备用燃料电池也进入运行状态。从位于内环中央的主控制舱看不到外环的情况，但每个人都知道接下来将会发生什么。

12年前建造的ILSS是个单纯的探月中继基地，一个由轮辐状结构支撑的14间舱室组成的150米直径圆环，但不久之后由俄罗斯牵头、美国与中国参与的SHC项目（空间强子对撞机）启动，5年之后，一个轻而坚固的庞大外环在ILSS外侧成形，在特里尼蒂空间站出现之前，这个周长接近10公里的庞然大物是人类在宇宙空间建造的最大物体。SHC被设计用来研究空间高能带电粒子加速所产生的激波、磁重联等现象，也会进行强子对撞研究，在人类对月球的探索热情下降的年代里，SHC逐渐成为ILSS空间站的主要价值。

但没人知道，SHC不仅是一台昂贵的高能粒子加速器，也能成为一件强大的武器。加速腔末端的机械结构开始变化，SHC正在悄然改变形态。充能过程持续了25分钟，核电池超负荷运行的警示灯闪烁不停，为了达到武器级的发射能量，SHC的运行功率已经远远超过设计指标，接近光速的负离子在加速腔中奔流。“3、2、1，发射。”俄罗斯宇航员神情肃穆地按下按钮，同一时刻，控制台爆出短路的电火花。

高能离子在电磁透镜的约束下聚焦，通过那个图纸上并不存在的舱室被剥夺电子成为中性粒子，以亚光速射出SHC的加速轨道。拉格朗日点上的巨大圆环开始结构性扭曲，姿态发动机徒劳地喷射着，只是在加速太空站辐条的应力折断进程。在危急关头只能使用一次的武器，这是俄罗斯与美国、中国达成的秘密协议，SHC中性粒子炮是地球太空安全的最后一道防线，必须由三个国家联合授予密钥才能启动，没人能预测到它会在何种情况下启动。

这个时刻，就是现在。

中性粒子束在1秒之后降临29万公里之外的特里尼蒂太空站，它能轻易撕开太空站脆弱的复合抛面集中器，在巨大的花瓶状结构中扯开一个缺口，然后准确刺入太空站底部那微小的主控制舱室。这庞大到令人难以置信的造物，同时脆弱得令人难以置信，灾难性的连锁已经开始，太阳能电站会沿着抛面集中器和底部控制舱的缺口将自己撕成两半，接着坠入不可逆转的坠落螺旋。

距离第三次发射：1小时50分14秒

美国纽约曼哈顿　联合国总部大楼

布兰登·巴塞罗缪博士指着左边那张照片。黑头发，玳瑁框眼镜，沉默的男人。

“别列斯托夫·平·肖，他是三个人当中的领袖。如果只能杀一人的话……杀死他！”

距离第三次发射：0小时21分3秒

阿尔及利亚阿德拉尔省　特里尼蒂β地面站

摩洛哥餐厅里横七竖八躺满裸体男人，酒精、烟草和尿液的味道令人窒息，查奥·阿克宁刚刚醒来，他奋力掀开一条长满毛的大腿，手脚并用向大厅外爬去。窗外已经天光大亮，阳光照耀每一座沙丘，远方依然有一条高而弯曲的烟柱连接天空，仿佛神话中通往天界的高塔。

爬行中酒瓶的碎片割破了查奥的手掌，他舔了舔伤口，并没有感到特别疼。爬出餐厅后，他在走廊里再次呕吐，然后沿着墙边尽量小心地前进。他要逃到没有人发现的地方躲起来，因为这里所有的人都疯了，包括父亲和母亲。

前方有脚步声传来，查奥急忙推开一扇门躲进去，在门缝里看到两个裸体的男人背着枪走过去。“终于到了换班时间，南部沙漠保安公司没派人来，阿尔及利亚政府军也没出现，真是好运气。”一个人说。“你看电视了吗？特里尼蒂在联合国发表宣言呢，那些大人物都气疯了！动乱到处发生，没人顾得上我们，放心喝酒吧！”另一个人说。

听脚步声走远，查奥冲出门外向前奔跑。一台挂在走廊的电视机播报着新闻：“混乱还在加剧，通信线路接连中断，我们将及时跟踪最新情况，请关注我们的网络……”画面突然化为蓝幕，信号消失了。

查奥停下来大口喘着气，他感觉头晕，心跳加快，抬起手来一看，血已经浸透了半条衣袖。他掏出手绢，咬牙将手掌的伤口扎紧，直至此时还是没有什么痛感，只感到手心一跳一跳，手指温热。他推开一扇屋门走进去，靠着墙角坐下来休息，这个房间是位于基地外缘的公共活动室之一，大大的窗户投进炽热的阳光。

“爸爸，妈妈……”查奥咬紧嘴唇，尽量忍住泪水。

忽然地上的阳光暗淡了。查奥抬起头，发现右边天空出现一大块阴影，正巧遮住了太阳的位置。那不像是云朵，也不像飞机，更像一朵有着大大花瓣的鸢尾花。“……那是什么？”他伸手一摸，自己的玩具望远镜还塞在衣兜里，于是掏出望远镜观察天空。在放大的视野里，阴影表面有着复杂而规律的线条，而那些纵横的刻印正在快速移动并放大。

突然一道闪光出现，刺痛了查奥的眼睛，他大叫一声丢掉望远镜。黑影已经移动到天空中央，无数闪光点出现在阴影中，以令人眼花的频率闪烁。随着光替代影子，天上的轮廓逐渐变为一面巨大无比的镜子，散发着比太阳强烈千百倍的耀眼光芒。皮肤被光线灼痛，查奥缩进两个柜子之间的夹缝，勉强睁开红肿的眼睛，看白热的光斑快速扫过地板。天上有一万个太阳正在坠落。

他捂住眼睛尖叫着，试图把超自然的场景驱逐至现实之外。这动作似乎很熟悉，孩子隐隐约约想起在自己很小的时候，也曾这样捂住眼睛、耳朵尖声大叫，希望尖叫结束之后，可怕的画面就会消失不见。

查奥的尖叫声逐渐嘶哑，直到弱不可闻。他慢慢松开手指，从指缝中望向外面，发现阳光已经暗淡了，地上的光斑呈现一种异样的红色。他慢慢爬出角落，抬起头看天空，天空正在燃烧。血红色的火焰布满整个天穹，如同天地颠倒，自己正在热气球上俯视沸腾的红色海洋。他坐在地上，身体不住颤抖，红色天光将他沾血的脸映得忽明忽暗。“……妈妈……”他嘴唇翕动，发出无意义的呼唤，浮现在脑海中的并不是餐厅中那个癫狂的裸体女人，而是一个更模糊、更温暖的形象。

他用力撑起身体，慢慢向外走去。走廊里没有人，玻璃穹顶翻滚着红色光影，整个世界被染成怪异的粉红。他隐隐约约听到摇篮曲的声音，那是他乞求母亲多次却从来未曾听母亲吟唱的曲子，查奥不知道自己在何时何处听过这歌儿，但觉得无比熟悉。

“Dodo, l’enfant do, l’enfant dormira bien vite.”

“Dodo, l’enfant do, l’enfant dormira bientôt.”

他停下脚步侧耳倾听。那不是幻觉，摇篮曲从墙上的音箱里传来。某些久远的记忆被唤醒了，查奥看到一个小小的自己躺在床上笑着，或许两岁，或许三岁？一个面目模糊的女人坐在床边，轻轻唱着这首温柔的曲子。“查尼。”她说，“查尼，你知道吗？我不是个尽职的母亲，为了获得那个宝贵的机会，我向所有人隐瞒了你的存在，可他们知道了，那个我曾经加入，又因为理念不合而退出的组织……听着，查尼，你可能会忘记我，因为你还太小了。可是答应我，有一天你再听到这首曲子的时候，你要开始奔跑，向门外跑，向房子外面跑，向远离人群的地方跑。我不知道那是什么时候什么地点，你又会是什么模样，可是查尼，我求你答应我，就开始跑吧，不要停下……”

“……妈妈？”两行泪水流下，查奥呆呆地望着音箱。摇篮曲很短，播放完一遍之后又开始重复。

查奥·阿克宁开始奔跑。他冲过红色的走廊，推开红色的门，跳下红色的台阶。他经过一间摆满机器的房间，里面的人在嚷着：“通信系统故障了！可能通信中断之前被人入侵了，现在内部广播在重复播放一首该死的儿童歌曲！”他绕过一群聚在一起的男人，男人们惊恐地望着天空，仿佛化作石像。他冲过红色的小花园，面前就是红色的基地大门，门关闭着，查奥扑倒在门前，尽力伸出那只没受伤的手，按在控制面板上。

门开了，红色的沙漠出现在眼前。查奥跌跌撞撞跑向红色的世界。

基地岗楼上的男人发现了他，举枪瞄准，可孩子笨拙奔跑着的身影让他犹豫了。这时背后响起女人的声音："你在干什么？"女人将他狠狠推到一边，抓起那支 12.7 毫米狙击步枪，用十字瞄准线捕捉红色沙丘上那小小的身影。"查尼！"她大喊一声，"你给我回来！"

孩子似乎听到她的声音，但没有回头。

距离第三次发射：0小时16分22秒

地球静止轨道　特里尼蒂 α 太空站控制室

里克·威廉斯安静地浮在舱室中央，紧闭双眼。刚才的一个多小时里，他目睹了为好友肖举行的那场壮烈火葬。

特里尼蒂 γ 太空站被SHC的中性粒子束击中坠落，绕地球飞行了一圈半之后进入大气层，尽管复合抛面集中器的展开面积比美国国土面积还要大，但单位面积重量非常轻，上亿块轻薄的反光板在剧烈摩擦中化为火焰，天火掠过地中海、大西洋，照亮了整个美洲大陆，将 8 亿人从凌晨时分的深眠中唤醒。特里尼蒂

γ站残骸的绝大部分在大气层中燃烧殆尽，只剩下控制舱的部分碎片拖着长长的焰尾坠入太平洋。南太平洋所罗门群岛迎来亿万年间最明亮的一个黄昏，千百道炙热的火线贯穿天地，坠落在小岛上的碎片点燃椰林，空气中充满硫黄和焦炭的味道，海水滚滚沸腾，瓜达尔卡纳尔岛上的居民惊恐地下跪祈祷，因为眼前的画面仿若1942年那个硝烟弥漫的深秋。

地球与空间站之间的通信中断了。里克·威廉斯与莫甘娜·科蒂进行了简短的对话，无须太多言语，在决定启动计划的时刻他们就预见到所有可能的结局。“科蒂，第三次发射由我来完成。发射前我会试着联系休斯敦，肖的太空站坠落造成的干扰应该快消失了。”

“我知道了。碎片越来越多了，我会增加激光防御系统的发射功率。”

“好的。如果当初肖猜测得没错，这就是地球的最后一张王牌吧。希望地球上的伙计们也能按时完成工作，计划顺利的话，很快一切就会结束了。”

“希望如此……”

“科蒂，你还好吗？”

“我不好，威廉斯。”

“休息几分钟吧，别忘了吃饭。”

“我知道，只是还有一些事情要处理。”

“什么事？”

“没什么。”

威廉斯睁开眼睛。倒计时还剩下 15 分钟，他移动到控制台前，选择第三次发射的目标城市。列表里有一长串熟悉的名字，旧金山，洛杉矶，休斯敦，西雅图，芝加哥，波士顿，华盛顿，纽约。纽约，他出生并长大的地方。优等生，常春藤优秀毕业生，运动明星，全民偶像，航天英雄，他身上挂满一个纽约客所能拥有的最好标签。大苹果之城的孩子，他就是美国梦本身。

“确定？”代表锁定目标的红色对话框跳出。

里克·威廉斯毫不犹豫地点击了“确定”。

距离第三次发射：0 小时 7 分 51 秒

美国纽约曼哈顿　联合国总部大楼

布兰登·巴塞罗缪博士拖着疲惫的身体离开联合国大楼，沿 42 街慢慢向中央车站方向走去。天空已经恢复纽约那种雾蒙蒙的黑色，但街头还是挤满了人，警笛声四处鸣响，所有的电视都在播放同一个直播画面，总统的演讲已到了最高潮。即使已接近 30 个小时没有休息，电视上的男人还是显得精力充沛、勇敢而强大，总统挥舞着拳头：“我要求国会宣布美国和特里尼蒂之间进入战争状态，我们将尽全部努力保卫自己，保卫美利坚合众国的土地乃至整个地球的安全，这是美国的意志，是人民的意志！我们必将取得胜利，愿上帝帮助我们，天佑美利坚！”

掌声和欢呼声震天响起，人们被慷慨激昂的演说所振奋，呼喊着“天佑美利坚”的口号在曼哈顿街头展开游行。巴塞罗缪博士尽量躲开狂热的人流，从燃烧的汽车和碎裂的橱窗间穿过，他在美国总统身边的任务已经完成，是时候找间舒适而安全的旅馆好好睡上一觉了。

这时电视直播画面忽然切换了背景，游行的队伍在街角的大型LED屏幕前放慢步伐。博士抬起头，看到电视上出现一间新联邦装修风格的办公室，一位身着正装的中年人端坐在镜头前。滚动字幕显示“有线电视网紧急报道，来自新墨西哥州圣塔菲市州长办公室的直播画面，新墨西哥州州长霍华德·斯托克菲尔德要求进行全美直播”。

“美国的人民，新墨西哥的人民。”州长用浑厚低沉的声音演讲，“在接近300年前，准确地说是1789年，独立战争胜利后6年，法定建国日的第13年，美国宪法开始生效。‘我们合众国人民，为建立更完善的联盟，树立正义，保障国内安宁，提供共同防务，促进公共福利，并使我们自己和后代得享自由的幸福，特为美利坚合众国制定本宪法。’300年来宪法保护了我们的自由与进步，使美国成为有史以来最民主与最强大的国家，然而今天，这一切应当改变了。特里尼蒂为我们提供了一种更加先进的社会形态，那是热爱自由的美国人民从拓荒时代就在寻觅的一种可能性。

“根据1791年12月15日通过的宪法第10条修正案，‘宪法未赋予联邦政府的权力都属于各州和人民’，现在，新墨西哥州将行使宪法，做出对本州人民最有利的选择。

“是的，我在此宣布新墨西哥州正式脱离美联邦，以特里尼蒂新墨西哥公司、特里尼蒂α地面站为中心成立新墨西哥-特里尼蒂城邦，城邦边界与新墨西哥州界相同，城邦的政权组织形式将随后发表，新墨西哥国民警卫队将成为城邦的自卫武装力量，美国陆军部队会遭到友好驱逐。由于形势的特殊性，本决定未经州议会审议，但我已经取得两院超过百分之九十比例议员的同意签名。

“在此号召美利坚各州以技术企业为核心脱离联邦政府独立，新墨西哥-特里尼蒂城邦将联合特里尼蒂共和国为各城邦提供安全服务，以及绝对充足的太阳能电力保障。感谢联邦政府300年来所做的努力，从今天起，新墨西哥人将为自己的幸福继续奋战！”

游行的队伍停滞了，大屏幕的光芒照亮无数张呆滞的面孔。巴塞罗缪博士嘴角泛起苦笑，在街边剧院的一根罗马柱旁边坐了下来，慢慢掏出香烟点燃。

新墨西哥州独立的消息所造成的震撼尚未平息，有线电视网再次转换频道，强作镇定的主持人说道：“这是来自前方的直播画面，特里尼蒂要求与美国总统直接对话，并向全美直播——新墨西哥州独立的合法性还未被证实，所以目前直播还是面向五十个州进行……啊，几秒钟前阿拉斯加州政府也发出了直播请求，他们有宣言要发表……”

画面切换为左右两栏，里克·威廉斯与美国总统出现在同一个屏幕中。威廉斯说："美国总统先生。我们失去了三分之一的国土面积，三个特里尼蒂太空站中的一个，失去了一名珍贵的伙伴。肖是我见过的最睿智、敏锐而仁慈的人，我爱他。如果地球上的所有人——我是说任何人——能够了解他一点点的话，都会像我一样爱上他。这是个错误，总统先生，这是个错误。"

"他是个该死的刽子手！你们也是！"总统的眼皮跳动着。

威廉斯张开双臂："现在我只有一个要求：解散军队，给美国陆军、海军、海军陆战队、太空军、国民警卫队与预备役部队以自由。让每个舰队自由。让战略核潜艇部队自由。让中东的陆战队自由。让士兵自由。让军队做出自己的选择，成立城邦，就地解散，还是被特里尼蒂毁灭。"

"……我会将你所在的太空站击落，将你烧得一根头发都不剩，就像你亲爱的伙伴那样。"总统阴冷的灰色眼睛眯了起来，脖子上青筋暴起。

"1 分钟，美国人民，总统先生。"威廉斯根本不理会他，竖起一根手指，"1 分钟后，特里尼蒂的激光束将降落在长岛纳苏郡的亨普斯特德，以每秒 50 米的速度向西移动，依次毁灭皇后、布鲁克林和曼哈顿。你所在的联合国总部大楼将在 7 分钟之后化为乌有，7 分钟足够你本人和智囊团远走高飞，但 800 万纽约居民无处可逃。倒计时 55 秒，54 秒……"

总统掀翻了桌子，为上镜精心准备的妆容被汗水涂花。"你说什么？我不允许你这样做！我不允许！这是反人类的罪行，你这魔鬼，你是魔鬼！美国会尽一切力量……”他喊叫着。

“50 秒！……我的家就在曼哈顿。”

信号中断了，只剩总统一个人在镜头前狂吼，他涨红了脖子，假眼珠挤出眼眶显得恐怖异常。恐惧降临，每个人都开始奔跑，凌晨 2 点的纽约街头开始一场疯狂的大逃亡，大楼吐出汹涌人流，人们从堵塞的车中跳出，从同伴身上踩过，哭喊着涌上街头，向西冲往乔治·华盛顿大桥。桥梁入口很快被塞满，人流冲击着挤满黑压压人头的西街，许多人哀号着跌入冰冷的哈德逊河。

巴塞罗缪博士没有跑，他太老了，也太疲惫了，以至于求生意志显得软弱无力。他抽完一根 555 牌香烟，用烟头点燃第二根，深深吸了一口，转头看东方。不知什么时候，遥远的地方火光升起，迅速化为一根通天彻地的火柱，火鞭抽打着高耸入云的大厦，楼宇倾倒，道路消熔，夜空再次变成火红。热风吹动巴塞罗缪博士乱糟糟的花白胡子，他吸了一口香烟，鼻腔灌满火焰的味道。

“肖……”他自言自语着。一位母亲抱着孩子从身边跑过，巴塞罗缪博士捡起孩子掉落的一只鞋，喊了一声，可声音被火焰风暴的呼啸所掩盖。无数鸟儿乘着热气流划过天空，“噗！噗！”几个井盖突然飞了起来，被煮沸的水从下水道井口喷出，变成蒸汽笼罩的喷泉。巴塞罗缪博士感觉到自己的头发、胡子和手背上的汗毛在热浪中蜷曲，即使落点还在 10 公里开外，激光束也造成了强大的热辐射效应，一株从罗马柱底部裂缝里顽强生长出来的羊茅草迅速枯萎了。

“肖，如果不是你该多好。”巴塞罗缪博士叹道，“你应该留下来领导特里尼蒂才对啊，没有你之后，计划变得如此极端……我们身上的罪孽都太深重了。”

第三次发射

俄罗斯莫斯科市　克里姆林宫地下

“报告！根据联邦航天局的建议，最新的作战计划已经完成！”

“调阅！”

“是！”

一份作战方案呈现在俄罗斯联邦领导人面前。肃立在他们身后的中将扫视方案内容，点了点头。俄罗斯联邦航天局的专家指出特里尼蒂太空站的自动激光防御系统有着非常强的识别—锁定—击毁能力，但根据空间站的位置和现在的节气，太空站在每天某个特定时刻将会被地球阴影遮挡45秒的时间，特里尼蒂空间站虽然有着容量相当大的蓄电池和备用燃料电池系统，但无法满足防御激光多次发射的消耗。在这个狭窄的攻击窗口到来时，投入全部太空力量进行饱和攻击，就可以对太空站控制部分造成重创。

这份方案同时共享给中国方面。“……做得对，绝对不可以稍微松懈自己的战斗意志。任何松懈战斗意志的思想和轻敌的思想，都是错误的！”中国领导人用拳头狠狠砸桌面，“如果能够对敌人加以详细分析，制定战术规划，怎能造成前两次攻击的失败？幸好现在远东地区上空的太空站已经坠毁，我们有时间再次组织太空军发动攻势，趁恐怖分子的注意力集中在美国。我们会全方位配合俄罗斯方面的最后突袭计划！”

听到这里，中将默默地敬了个军礼，退出了这间战略情报室。他很清楚祖国面临的现状：太空军事力量消耗极大，短时间很难组织起有效的攻击梯队，而把握45秒的狭窄时间窗口又太难，战术是有效的，执行却无比艰难。俄罗斯最杰出的军事参谋集中在屋里，负责情报方面工作的他帮不上什么忙，与此同时，他刚刚收到另一个非常有用的消息。

“说。”站在走廊里，他开启了骨传导耳机。

“报告，别列斯托夫·平·肖的加密资料已经破解，发现了15G的资料，我们整理出一份恐怖行动相关人员名单，共有近两百人，按照联络的频率排列。”

“好。”

中将点亮墙壁上的屏幕，打开那份长长的名单。在名单前列他看见了里克·威廉斯和莫甘娜·科蒂的名字。下面一些名字他不认识。“刘乾坤……查尔斯·唐……涅米尔·科洛莫涅夫……佐薇·阿特金森……”中将喃喃念着，目光停在一个名字上面：

“……布兰登·巴塞罗缪。巴塞罗缪博士。他不是美国紧急反恐小组的心理学专家吗……”

这时耳机嘀嘀一响，阿尔法特种部队与刚刚征调回国的信号旗特种部队对萨彦岭蒙库-萨尔德克山特里尼蒂地面站的攻坚战打响了，中将立刻转身走向战略情报室。无论天上的敌人多么强大，祖国终究会赢得最后的胜利，他如此坚信着。坚信不疑。

最后的时刻

阿尔及利亚阿德拉尔省　特里尼蒂β地面站

查奥·阿克宁不知道自己跌倒了多少次，更不知道自己在第二次跌倒时幸运地躲过了一颗基地方向射来的子弹。他向苍茫的沙漠深处跑着，跑着，直到筋疲力尽跪倒在地再也爬不起来。他喘息得如此剧烈，仿佛有一只大手从喉管伸进去紧紧攥住他的肺，又向嘴里撒一把粗粝的沙。

不知花了多久，查奥才逐渐能够呼吸，他用尽力气翻了个身，望着自己来的方向，基地已经变成沙漠中一个银亮的方块。这时候天空已经不再发红，阳光依旧灿烂，可对亲眼见过一万个太阳坠落的孩子来说，现在的太阳光已经不算什么。

他用玩具望远镜看远方的基地，基地静悄悄的，那些可怕的大人没有追出来，或许是认为他不再重要。这时伤口的疼痛、身体的疲惫、嘴巴的干渴一齐袭来，查奥浑身抽搐着缩成一团。朦胧中听见熟悉的曲调响起，“睡吧，宝宝睡吧，宝宝马上睡着了……”他的意识逐渐下沉，下沉，沉向漆黑一片的谷底。

忽然有什么事情发生。查奥从危险的半昏迷状态猛然惊醒，摇篮曲消失了，他左右看看，沙漠与基地都没有什么变化，可他的头发都立了起来，浑身汗毛直竖。“……妈妈？”他哀叫着，强撑身体站起来，向提米蒙的方向慢慢挪动，走向沙漠的尽头，那高高烟尘之柱所在的地方。

他并不知道在几秒钟以前，特里尼蒂 β 太空站进行了一次极其短暂的激光发射。莫甘娜·科蒂向地面站进行了 0.02 秒的激光照射，激光准确命中靶心，没有造成基地的任何物理损伤。但强大激光束的轰击带来电离效应，一条等离子体的通道被制造出来，尽管只存在了极短的时间，但足够这些高温的等离子体四散剥落，把周围的一切生物体烧成灰烬。特里尼蒂太阳能电站使用激光输电时，周围数十公里的人都要疏散，但此时基地里还有一群等待接收胜利果实的NLF成员，那些喜爱暴力、崇尚裸体的男人和女人。

查奥再次摔倒，终于陷入了昏迷。天上响起隆隆巨响，阿尔及利亚政府军的武装直升机编队飞来，但这时特里尼蒂地面站早已架设好的毒刺地对空导弹已经无人操作。那些极端环保主义者在地球上留下的最后痕迹，是基地走廊里飞扬着的一抹灰。

最后的时刻

美国纽约曼哈顿42街

“肖啊……”

布兰登·巴塞罗缪博士决定毁灭肖的太空站，因为他知道肖已经死去了，在美国发动第一次袭击的时候。“殉道者”攻击卫星的巨网在经受数十次激光拦截之后，化为一团金属炮弹击中了特里尼蒂γ太空站的控制舱，舱体被撕裂了，氧气在短短半分钟内泄漏一空，肖身上的轻便宇航服也没能起到保护作用，因为碎片在舱内四处溅射，击碎了他的头盔。

两分钟之后，自动修复系统将裂口黏合，恢复了舱内供氧，肖安静地浮在空中，破碎的面罩内有一团晶莹剔透的血珠飘动。探测到他的心跳停止，一个预先设定好的程序接管了通信系统，它先向其他两个太空站发出平安的信号，然后开始监视特里尼蒂同地球的联络，在恰当的时刻播放早已录制好的画面。

40个小时前，肖调暗舱内灯光制造出舱室破损的画面错觉，录制好那几段讲话。为了让巴塞罗缪博士察觉，他做了几个微小的动作暗示，比如更换推玳瑁框眼镜的那只手。其他两名宇航员也做了类似的准备，因为死亡几乎是不可避免的。

其实无须特别暗示，巴塞罗缪博士也早发现录像与真人的差别，因为在倾听其他人讲话时人类会不自觉地加以反应，体现为面部肌肉的微小动作。除了行为分析学专家，其他人看不出总是板着脸的肖与视频的差别，这就是巴塞罗缪博士在总统身边的任务：在关键时刻，诱导美国做出伤害最低的选择。

天边的火龙卷越来越近，街边店铺的招牌都开始燃烧，巴塞罗缪博士抽完最后一支烟，用鞋跟细心地将烟头碾灭。就在这时，火焰的呼啸声忽然变了，天空中的火柱不再向西前进，而是停止在布鲁克林区与长岛的边缘。

“啊，成功了吗？”巴塞罗缪博士惊喜地站起来，因为速度太快而头晕目眩，“难道美国政府真的答应……”

一颗45毫米子弹从后面贯穿他的心脏，嵌在肋骨上面，冲击力如一把铁锤将他狠狠击倒在地。那名光头的FBI高级探员斜靠在小巷墙上，一边将矿泉水浇在自己头上，一边嘲弄地盯着巴塞罗缪博士的尸体：“终于还是露出马脚了吗？——就像我老爹说的，下巴留胡子的，没有一个好人。”

最后的时刻

地球静止轨道　特里尼蒂β太空站控制室

莫甘娜·科蒂掩面哭泣，泪珠从指缝中涌出，随着女人身体的颤抖在空中飘散。肖死后计划有所更改，她要负责对欧亚大陆大部分国家的激光威慑，保卫特里尼蒂地面站的安全，直至攻占地面站NLF核心成员召集整个欧洲和北非的NLF军事力量，围绕地面站建成特里尼蒂地面城邦。

但她没等到那个时刻到来。她彻底崩溃了，药物和瑜伽无法维系的神经，一直以来的紧张忧虑猛然爆发，将她击垮了。她砸坏了好几座控制台，撕扯着自己的头发，疯狂喊叫，在神志最不清醒的刹那，她做出了一个反复思考了几万次但不敢施行的举动。

一张被泪痕洇湿的照片在空中缓缓旋转，那是7年前在法国马赛一间私人医院拍摄的，满脸悲容的她躺在病床上，望着窗外的灿烂阳光。“2小时后，因为新生儿呼吸窘迫综合征而死去”，这是医疗记录上对她产下婴儿的描述。简历中提到了这一点，特里尼蒂选拔项目进行心理测试时考官只简单问了几句，谁愿意伤害一个美梦只做了2小时的单亲妈妈呢。

但科蒂知道那个孩子还活着。她是半自愿加入特里尼蒂计划的，为了确保她不中途背叛，欧洲的NLF组织绑架了她的儿子，一个从未存在于任何官方记录中的非婚生子。7年之中她只与孩子共处了2个月，60天里科蒂每天抱着2岁大的男孩，唱歌哄他入睡，分别时她流尽了眼泪，几乎当场崩溃。

科蒂不知道如今男孩长成什么模样，“查奥”，这是她起的名字，如今能够将母亲和孩子联系在一起的也只有这个空洞的名字而已。在不久前的一次通信中，β地面站的佐薇·阿特金森再次提到了孩子的事情，那个一直以男孩母亲身份生活在提米蒙的NLF高级成员裸着身体在屏幕上大笑着，说男孩很好，很习惯基地的生活，并且将一直幸福快乐地在基地生活下去。

佐薇的样子让科蒂彻底崩溃了。她知道自己再也回不到那颗蓝色的星球，而只能孤独地漂浮在星空与太阳之间，等待死亡在某个时刻来临——她的生命或许还剩1小时，或许还有10年。她清楚自己再也见不到她的查奥，也再也无法忍受那个丑陋的女人继续扮演本应由她来担当的角色。

如果肖还在，或许会用那种永远低沉而理性的声音来安抚她吧，可现在孤独的母亲失去了指引之光。

她短暂夺取地面站的控制权，向地面站发送了一段摇篮曲，那首她一直在听的曲子，在与孩子相处的短暂60天里她日日夜夜唱着的歌曲。那是她要在男孩心里烙下的刻痕，她唯一能够提供的保护。“跑吧，查尼……”哭泣着，她狠狠按下发射按钮将强大的激光脉冲射向地面。

那孩子死了。他一定来不及跑出去，即使听到那首摇篮曲。科蒂想。她不惜为孩子谋杀了提米蒙的3万多人，现在，她又谋杀了非洲城邦计划，谋杀了她的孩子，谋杀了整个特里尼蒂项目，谋杀了威廉斯与肖的努力，谋杀了人类的未来。

可是万一他还活着呢？说不定他正在沙漠的某个地方，等待自己从天而降呢。一个将拥有完全不同未来的男孩，她的儿子，她的骨血，她的DNA与永恒希望，只要能够与他在一起，就算地球的未来怎样都不再重要了吧……

那么她该怎么办？继续特里尼蒂计划，即使要杀死更多的人，让自己的灵魂坠入更深的地狱？还是同美国人分道扬镳，回归地球的怀抱，以罪人的身份活在监狱里直到生命结束？

她不知道。此时她多么希望肖能出现在屏幕彼端，告诉她该怎么做，即使只是一个是或非的提示也好。可肖已不在了，他以某种辉煌的方式回到了地球，将自己洒布在5.1亿平方公里的地球表面。就这样一时清醒，一时糊涂，科蒂在舱中放声哭泣着，直到里克·威廉斯的声音响起。

“……科蒂？”

“对不起……”

舷窗旁边，蓝色的地球依然平静，三人合影的照片微微泛黄。

最后的时刻

美国新墨西哥州奥特罗县　特里尼蒂α地面站

查尔斯·唐喝完了一整瓶杜松子酒，感觉有点昏昏沉沉。他坐在屏幕前面，等待那个关键时刻到来。如果计划没有出岔子，特里尼蒂α空间站就快与他联络了，到时候他会带队撤离地面站，到 40 公里外的安全屋去遥控电站运行。一条激光输电线路将搭建起来，太阳能电力通过变电站送入电网，向数百公里外的其他州——或者说其他城邦——输送，以显示特里尼蒂计划的发电能力。

但 α 空间站迟迟没有与他联络，他不知道天上发生了什么事情。从头到尾特里尼蒂都是一个松散的组织，来自不同国家的人出于不同的目的聚在一起，怀揣着各自不同的梦想，使用激光作为长矛，向各自不同的风车发起挑战。查尔斯知道他们每个人都是彻头彻尾的疯子，可是话说回来，他不讨厌疯子。

基地外面的沙丘旁边，沙漠角蜥在牧豆树下陷入安眠，凉爽的沙土冷却了它的体温，这小小的爬行动物终于可以舒适地睡个觉了。它还在憧憬着明天的狩猎，那窝美味的墨西哥蜜蚁就在红柳林中等着它，角蜥已经迫不及待想看到明天早上的太阳了，阳光会给它温暖，给它生存与繁殖的终极力量。

尾声

他们在太空中俯视地球。这不是最适合观察的距离，肉眼看不清 35800 公里之外地球的细节，可那嵌在观察窗中央的蔚蓝星球仍旧牢牢吸引着他们的视线。无论从怎样的角度观察，它都美得令人忘记呼吸，仿若一颗闪烁着光芒、具有魔力的蓝水晶。

“科蒂，你还好吗？”一个人忍不住开口。

“对不起，威廉斯。我搞砸了一切。肖的死，让我……”另一个人说。

“希望还在的，不要自责，火种已经点燃，会一直烧下去的。我猜……是为了那个孩子。”

“我害死了他。”

“你从来不说那孩子的事，比如孩子的父亲是谁。”

“……”

“放心，科蒂，孩子一定还活着，就像这地球会永远存在下去一样。”

“嗯。”

“你有没有发现，我们虽然在太空里，可是从来不看背后的星空，只盯着地球看呢。”

“……因为背后被复合抛面集中器挡住了？”

“不，因为我们爱地球啊。”

“也许，你说得对。”

“想唱唱那首歌吗？”

“当然。……好想吃巧克力香草冰激凌。”

“巧克力，还是香草？”

“巧克力香草。你们男人总是搞不懂。”

“It never gets old huh?”

“Nope.”

“It kinda makes you wanna ... break into song? ”

“Yep!”

清亮的女声唱了起来：

I love the mountains,

I love the clear blue skies,

I love big bridges,

I love when great whites fly,

I love the whole world,

And all its sights and sounds.

……

两个声音合唱：

Boom de yada! Boom de yada!

Boom de yada! Boom de yada!

这段副歌重复了许多遍，直到他们笑得喘不过气来为止。